어차피 다닐 거면
나부터 챙깁시다

어차피 다닐 거면
나부터 챙깁시다

2018년 04월 18일 초판 01쇄 발행
2018년 06월 12일 초판 03쇄 발행

—

글 · 그림 불개미상회

—

발행인 이규상
단행본사업부장 임현숙
책임편집 김보람
편집 1팀 이소영 김보람
디자인팀 고광표 장미혜 손성규
마케팅 1팀 이인국 전연교 윤송

—

펴낸곳 (주)백도씨
출판등록 제300-2012-170호(2007년 6월 22일)
주소 03043 서울시 종로구 자하문로 58 강락빌딩 2층(창성동 158-5)
전화 02 3443 0311(편집) 02 3012 0117(마케팅)
팩스 02 3012 3010
이메일 book@100doci.com(편집 · 원고 투고) valva@100doci.com(유통 · 사업 제휴)
블로그 http://blog.naver.com/h_bird 인스타그램 100doci

—

ISBN 978-89-6833-172-5 03810

이 도서의 국립중앙도서관 출판예정도서목록(CIP)은 서지정보유통지원시스템 홈페이지(http://seoji.nl.go.kr)와
국가자료공동목록시스템(http://www.nl.go.kr/kolisnet)에서 이용하실 수 있습니다.
(CIP제어번호: CIP2018010450)

매일같이 털리는 직장인에게 필요한
멘탈 스트레칭 에세이

어차피 다닐 거면 나부터 챙깁시다

글·그림 불개미상회

허밍버드
Hummingbird

1
아…
회사 가기
싫다
2
띵동~
3
오전 08:30
○○카드
[○○카드] 정**님
카드이용대금
1,234,560원
당일 인출 예정입니다.
4
이렇게
된 이상
출근이다!

현실은 일개미일지라도,
툰만큼은 신나는 베짱이처럼!

우리는 강원도 춘천에 있는 디자인 회사입니다.
여느 직장인들과 다르지 않게
월화수목금금금 출근하고, 퇴근하고,
야근하고, 퇴근하고, 회의하고, 퇴근하고….
그러면서 중간중간 여기저기에서 갑질을 당하던 어느 날,
이대로는 안 되겠다는 생각이 들었습니다.
을의 입장에서 느꼈던 패배감과 피로감,
직장인이라서 가질 수밖에 없던 분노와 짜증 등의 감정을
해탈과 유머로 풀어내고 싶었습니다.
디자인 회사 불개미커뮤니케이션의 이름을 딴
불개미상회의 직장생활 툰은 그렇게 시작되었습니다.

어차피 다녀야 한다면,
어쨌든 직장인이라면!

애인에게 회사에서 있었던 속상한 일을 얘기하는데
내 맘도 몰라주고 건성건성 들을 때,
친구에게 상사 욕을 한참 하며 억울했던 일을 토로했더니
도리어 나한테 문제 있는 거 아니냐고 지적질할 때,

위로받고 싶고 하소연하고 싶은데 상대가 없을 때,
누가 나 대신 회사 욕 좀 실컷 해줬으면 할 때…,
그럴 때 이 책이 당신 곁에 있었으면 좋겠습니다.

《어차피 다닐 거면 나부터 챙깁시다》는
내 이야기 같아서 안쓰럽고, 내 이야기 같아서 웃프고,
내 이야기 같아서 통쾌합니다.
억지 위로나 어쭙잖은 교훈은 없습니다.
그저 이 책을 읽는 동안만이라도 가벼운 마음으로 웃길 바랍니다.

불개미상회는 오늘도
부지런히 영혼 탈곡하는 상사를 향해
꾸준히 갑질하는 클라이언트를 향해
고구마 백 개 먹은 듯 답답한 회사생활을 향해
톡톡, 가볍지만 자잘한 잽을 날려봅니다.

다들 아시죠?
원래 큰 한 방보다 자잘한 잽에 훅 가는 거!

- 춘천에서, 불개미상회

불개미상회 · 소개 ·

무대표 '잘 처먹고 잘 싸자'는 사훈을 건 젊은 대표. 이상적인 회사를 만들고자 하나 현실은 녹록지 않다. 경영 상태가 좋지 않아 먹거리로 스트레스를 해소하며, 다이어트는 포기한 지 오래다.

방실장 관리와 실무를 잘 병행하는 실장. 변화하는 현실에 적응하지 못해 꼰대 기질이 있다. 가끔 막말, 쪼기, 야근 공지로 뒷담화의 타깃이 된다.

주차장 처세술이 뛰어나며 업무 교통정리를 잘하는 차장. 실무 이해도가 낮아 실무자에게 무리한 요구를 하는 경우가 많다. 최근 연애사업 때문에 유머에 관심이 많으나, 이상한 아재개그만 주워온다.

미팀장 깐깐과 꼼꼼의 결정체인 팀장. 맡은 일을 척척 하는 숨은 에이스. 직설적이고 당돌해 자기주장을 잘 펼친다. 유능한 직원이면서 까다로운 잔소리꾼.

백과장 — 버는 족족 덕질로 월급을 탕진하는 과장. 뭔가 열심히 하나 상사에게 자주 까인다. 부하직원들 보기 민망할 법한데도 기죽지 않고 긍정적이다.

나대리 — 아부계의 새싹으로 성장 중인 대리. 만만한 정사원을 잘 부려먹는다. 약아서 눈치껏 야근을 하고, 가끔 칼퇴를 시도하다 붙잡힌다.

주주임 — 현재를 중시하는 욜로족 주임. 뭐든지 대강대강 하고, 농땡이를 잘 부린다. 한번은 내 회사라 생각하라는 말에 무단결근을 한 적이 있다.

정사원 — 취준생 시절이 그리운 신입. 짬이 부족해 밥 먹듯 야근하고, 일이 없을 때도 칼퇴를 망설인다. 유능한 자신의 모습을 꿈꾸나, 잡무만 떠맡고 있다.

쥬쥬 — 주주임의 애견. 회사에 데려다놓는 걸 허락받아 늘 볼 수 있다. 주인과 다르게 개똑똑. 자신을 예뻐하는 사람들에겐 애교를 떨어 간식을 뜯어내고, 그 반대인 사람들은 개무시한다.

· 차례 ·

PART 02

어차피 다닐 거면 빠르게 적응합니다

PART 03

어차피 다닐 거면

구겨진 멘탈을 폅시다

PART 04

어차피 다닐 거면 나부터 챙깁시다

PART 01

어차피 다닐 거면 할 말 좀 하겠습니다

씨부엉
자꾸 욕이 늘어요

제법 신입티를 벗었을 때부터 업무가 급격히 늘어났고,
자연스럽게 저녁이 있는 삶 대신 야식이 있는 삶을 살았다.
얼굴과 몸이 좀 붓는가 싶었는데, 그건 그냥 살이 됐다.

퀭한 눈, 불어난 몸, 너덜너덜해진 마음.

이런 나를 돌아보니, 퍽 슬프다.
그럼에도 불구하고 이 삶을 치열하게 살아야 하는 나.

"이런 씨부엉!"

평범하게 산다는 건, 역시 졸라게 힘들구나.

부엉부엉

오늘도 나에게
잡일을 쏟아 부엉
위장엔 야식 부엉
얼굴은 날로 부엉
뱃살도 쑥쑥 부엉
이런 씨부엉
씨부엉~

#웃지_마 #너님_이야기 #부엉이_인생 #씨부엉 #자꾸_욕이_늘어요

꾸준한 지랄

'1만 시간의 법칙'이라는 게 있다.
어떤 분야의 전문가가 되려면
최소한 1만 시간 정도의 훈련이 필요하다는 것이다.

일은 일대로 벌여놓지만
책임은 지지 않고,
나중에 나타나서 이래라저래라
지적질만 끊임없이 하는 자들이 있다.

그런 꾸준함을 생각해볼 때
그들은

.

.

.

프로지랄러인 게 분명하다.

업무 책임은 시발자가

이 프로젝트
누가 하자고 한 거야?
과장님이 시발

#빼박_십자가 #시발은_나_혼자_하나
#차장님이 #팀장님이 #시발_분명_좋아했잖아

이 어려운 걸
제가 해냅니다

부장님이 웃으며 말씀하셨다.

"이 보고서 마무리만 자네가 좀 해줘.
내가 다 써놓은 거니까
좀 다듬기만 하면 될 거야."

맞춤법 다듬고, 오탈자 다듬고,
끓어오르는 분노까지 다듬었더니

.
.
.

남은 건 보고서 제목뿐.

이럴 거면 그냥 처음부터 제가 썼죠.

21세기 다듬이질

부장님이
쓰신 보고서
다듬고 나니
남는 건
제목뿐
비문
했던 말
또 했던 말
오탈자
외계어

#다듬고_나니_그냥_내가_쓴_보고서
#찢고_퇴사할까

이러다
본죽 협찬받을 기세

아이디어는 부재중.

헛소리는 활약 중.

회의는 첩첩산중.

회사는 오늘내일 중.

결국엔

오늘도 죽 쑤는 중!

죽 쑤는 중

우린 참
죽이 잘 맞아!
그만 부어
이 자식아!

#뻘짓은_거기까지 #다_된_업무에_재_뿌리기
#왜_혼자_긍정적인_거죠
#죽_쑤는_달인 #죽고_싶냐 #죽빵각

직장인이라서
죄송합니다

"정사원 요즘 왜 그래?"

"죄송합니다."

"뭐가 죄송한데?"

"다 죄송합니다."

"모르면서 뭐가 죄송해?"

"제가 다 잘못했습니다."

"정사원이 뭘 잘못했는데?"

"죄송합니다."

"뭐가 죄송한데?"

그만 좀 쪼아요

언제 다 할 거야
언제 다 할 거야
언제 다 할 거야
계속 쪼니까
쪼다 같아요

#계속_쪼니까_멘탈이_만신창이 #알던_것도_모르게_됨
#언젠간_하겠죠 #쪼렙에게_보스몹_붙이기

육아와 직장생활의 공통점

매일 똑같은 것 같지만,
매일이 다르다.

하루는 길지만,
1년은 짧다.

내가 애쓴다고 달라지진 않지만,
그래도 애쓰게 된다.

예측 가능한 시나리오가 있지만,
절대 예측대로 안 된다.

끝날 때까지 끝난 게 아니다.
언제나 지켜보고 있다.
하루에도 몇 번씩 '참을 인忍'을 새긴다.

출근, 또 다른 육아의 시작

니 똥은
니가 치워
미팀장
나 똥쌌떠

#사장님_똥 #차장님_똥 #대리_똥 #각양각색_칼라똥
#이런_똥덩어리들 #뒷수습_전문 #미팀장_미틴당

야근아,
물렀거라

시안이 죽고 죽어 일백 번 고쳐 죽어
키보드가 닳고 닳아 Shift 키도 있고 없고
퇴근 향한 일편단심이야 가실 줄이 있으랴

- 여러 번의 수정 작업 끝에 제출한 시안을 빠꾸 맞은
어느 한 야근자의 절규

칼퇴근 춤

5시가 되니
절로 춤이 나네~!
얼쑤~

#굿이라도_해야_할_판 #칼퇴_기원_땐스
#사실_출근하자마자_퇴근을_생각하지
#마음은_이미_이불_속

멕여야 산다

회사마다 '모두까기 인형' 하나쯤은 있다.
그들은 진행하는 모든 일에 사사건건 시비를 건다.
레퍼토리는 정해져있다.
"내가 해봐서 아는데"는 프롤로그,
"그건 좀 아닌 것 같고", "그러니까 내 생각은"은 에필로그이다.

모두까기 인형은 모든 게 다 마음에 안 든다.
말 그대로 모든 걸 까기 위해
그 자리에 앉아있는 사람처럼 군다.
좋게 보자면 관심은 있다는 거고,
나쁘게 보자면 그냥 무책임하다는 거다.
왜냐면 늘 대안이 없기 때문.

누구에게나 좋은 것과 나쁜 것을
판가름할 수 있는 기본적인 눈이라는 게 있다.
그러니 지적하긴 어렵지 않다.
다만, 깔 때 까더라도 그 타당한 이유와

대책 정도는 있어야 한다는 거다.
그래야만 정당하게 깔 수 있다.
그렇지 않고서는 그저 빨간펜 선생님과 같을 뿐이다.
누군가의 의견을 시험 문제 채점하듯
동그라미 치고 빗금을 긋는 빨간펜 선생님 말이다.

중요한 건, 맞다 틀리다 채점만 해서는
일이 진행되지 않는다는 거다.
모두까기 인형은 그걸 아는지 모르는지 혼자만 신이 나있다.
자신을 제외한 나머지의 표정은
뭐 씹은 듯 점점 더 구겨지는 것도 모른 체….

더 큰 문제는 싸우기 싫어 대꾸하지 않으면,
모두까기 인형들은 자신이 옳은 줄 안다.
그래서 에둘러 좋게도 말해보고
까임에 대응하기 위해 다른 대안도 내어본다.
어쨌거나 누군가는 이 상황을 해결해야 하기 때문.

그러나 모두까기 인형이 이 상황을 그대로 두고 볼 리 없다.
까고, 까고, 또 까고….

참을 인忍 세 번이면 살인도 면한다고 하여
참고 참고 또 참아보지만…,
요즘 같은 때엔 참으면 결국 호구가 되는 법!

이럴 땐 상황을 살피고 눈치껏, 요령껏
제대로 먹일 수 있는 한 방이 필요하다.
모두까기 인형에게 한 마디 툭 던져보자.

"차장님께서 아닌 것 같다고 말씀하신 거니까
대안도 있으시겠죠?"

초콜릿의 의미

과장님은 키가 쪼꼬마니까
쪼꼴렛 드세요
대리님은
쪼다 같으니까
쪼꼴렛 드세요

#모두까기 #주거니_받거니
#핵직구 #스크류바_같은_놈

발칙한 프러포즈

꽃다발도 없고,
하트 촛불도 없어요.
그럴 듯한 반지 같은 것도
준비 못 했어요.

하지만 마음만큼은 진실합니다.
제 고백, 받아주실래요?

.
.
.

"사장님 저 새끼 지금 놀아요!"

고백해볼까?

저 새끼 놀아요

#하이고_요_녀석_염치없네
#밉상은_고자질해야_제맛

사공이 부족해
배가 아무 데도 못 간다

입사한 지 꽤 되었는데,
난 아직 우리 회사 막내다.
마치 군대에서 병장이 될 때까지
이등병 후임이 한 명도 들어오지 않는
상황이라고나 할까?

일단 신입을 뽑아만 준다면
업무며, 조직생활이며
다 제대로 가르쳐놓을 텐데….

그러니까 제발 인력 충원 좀 하자.
사장놈아!!!

사공이 많으면 배가 빨리 간다

사장놈아
제발 충원 좀!
선배님,
노는 어떻게
저어요?

#살려줘요_사장님
#그러니까_제발_충원_좀
#막내야_하는_척이라도_하렴

가장 쉬운, 가장 나쁜 스트레스 해소법

업무로 쌓인 스트레스 푼다고 술 한 잔,
상사 때문에 받은 스트레스 푼다고 술 한 잔,
술만 마실 수 없어서 치킨 한 마리.

그러다 보니 어느새 살이 디룩디룩.
그걸 보고 스트레스 받아서 또 술 한 잔.
덕분에 뱃살의 무한 증식,
옆구리살의 재생산.

살맛 나는 직장생활일 줄 알았는데,
살만 남은 직장생활이 될 줄이야.

살만 남은 직장생활

스트레스
간편 해결!
젖살은 어디 가고
턱살, 뱃살만 남았네
살맛 나네

#오늘까지만_먹는다 #내일부터_다이어트
#우왕_살맛_나네 #살이_찌는_게_스트레스 #무한반복_악순환

몸은 회사에,
마음은 콩밭에

눈뜨자마자 생각한다.
출근하지 말까?

간신히 출근하면 생각한다.
저녁엔 뭐 먹지?
퇴근하면 뭐 하지?
주말에 뭐 하지?
다음 휴가 땐 어디로 놀러 가지?
티켓부터 끊어놓을까?
요새 유행하는 패션템은 뭐지?
아 드라마 남주 존잘!
이거 일단 장바구니에 담아놔야겠다.
어? 벌써 퇴근 시간이네!

그때부터였을까요?
제가 콩밭 농사 전문가가 된 게.

콩밭랜드

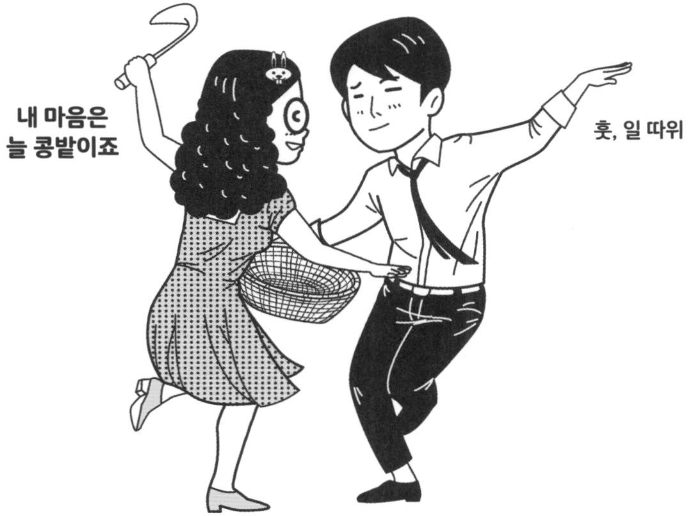
내 마음은
늘 콩밭이죠
훗, 일 따위

#날이_오져서_날이_오지지_않아서
#일_안_하고_콩밭_농사 #집중이_뭐죠

우리 모두가 귀인

웹툰이 원작인 모 드라마에
이런 대사가 있었다.

"회사가 전쟁터라고? 밖은 지옥이다."

그 말은 틀렸다.

여기도 지옥이다.

반복되는 야근과 스트레스에 눈앞이 캄캄.
이러다가 큰일 나겠구나 생각하기를 여러 번.

오늘도 하마터면 저승사자와 하이파이브할 뻔.
돌아가신 할아버지, 할머니께 인사드릴 뻔.

신과 함께

야근 끝나고 데려가
아님 네가
대신 하든가
업무 방해하지 마
나도 빨리 끝내고
퇴근해야 돼

#신과_함께_야근
#빨리_안_가면_저승사자도_퇴근_러시아워
#저승사자보다_무서운_저승상사
#보고_있나_주호민

발암주의

매일 쓰던 치약에 발암물질이 있대요.
매일 먹던 계란에도 발암물질이 있고요.
매일 쓰던 생리대에도 발암물질이 있대요.
입으로 풍선을 불어도 암에 걸린다고 하고요.
미세먼지 속에도 1급 발암물질이 있대요.

별거 안 하고 사는데도
여기저기 구석구석 발암물질에 영향을 받아요.
그런데 그거 아세요?

매일매일 회사 나오는 게
최고 발암이라는 것!

발암물질 주의

이 생리대가 친환경 제품이래
발암물질도 없다는데 써볼래?
회사 나오는 게
이미 발암인걸요

#스트레스는_1급_발암물질 #극한직업
#사방이_오염 #보이지_않는_시커먼_속

오늘의
수확

차장님 아이디어에 스리슬쩍 내 아이디어를 심고,
부장님이 쓰신 보고서를 오탈자 없이 다듬고,
클라이언트는 스케줄 상관없이 일을 뿌리고….

아, 나는 내가 직장인인 줄 알았는데
농사꾼이었던 걸까.

지나가시던 부장님의 한 마디.

"애썼다."

이런 농약 같은 부장님!

할 일도 풍년이다

올해도 풍년이네~
스케줄이 꽉 차겠어
부장님이 시킨 일
신입한테 갔다가 돌아온 일
차장님이 미룬 일
WORK

#이모작_삼모작 #가마니_있으니까_일_마니

이런
상사 세 끼

"내가 어제 과음을 해서…"
점심은 콩나물국밥.

"난 한식이 좋더라!"
저녁은 순대국밥.

"야식은 든든하게 돼지국밥 어때?"

.
.
.

아 말아버리고 싶다!

오늘 점심 또 국밥이냐

비가 오니 **소머리국밥**
만만해서 **순대국밥**
쌀쌀하니 **돼지국밥**
속 풀려고 **콩나물국밥**
해물 땡겨 **굴국밥**
오늘도 안 묻고 **시래기국밥**

·
·
·

뚝배기를
깨버릴까?

#한_뚝배기_깨실래예?
#먹을_만큼_먹었잖아
#회사만은_말아먹지_말자

이겨도 당하고 져도 또 당한다

선수는 있는데
관중은 없고,

경기장은 있는데
경기 시간은 없고,

눈물은 있지만
메달은 없는
이상한 스포츠

야근.

오늘도 야근은 계속된다.

야근은 스포츠다

지는 놈이
야근 당첨!
아이고~
의미없다~

#야근에_시름시름 #상사님이_싫음싫음 #의미_없는_게임
#오늘도_뻔한_결말 #야근이_스포츠면_난_국가대표

동병상련

겨울만 되면 수도가 언다.
그래서 물이 한 방울씩 흐르게 수도꼭지도 열어놓고,
난방도 '외출'로 맞춰놓고 출근한다.
하지만 한파가 심한 날엔 여지없이 수도가 얼고,
재수가 없으면 보일러관까지 얼어서
기계 자체가 망가지고 만다.

문제는 늦은 밤 퇴근하고 집에 돌아와서야
그 사실을 알게 된다는 거다.
그날은 어쩔 수 없이 벌벌 떨며 선잠을 잔다.
더 최악은 다음 날은 한층 더 고구마 같은
답답한 상황이 연출된다는 거다.

한시라도 빨리 보일러 수리 기사님을 부르고 싶지만,
평일 낮엔 문을 열어줄 사람이 없다.
아무도 없는 집의 현관문 비밀번호를
낯선 사람에게 알려주는 것도 내키지 않고,
그렇다고 대신 문을 좀 열어달라고

따로 부탁할 사람도 없다.
이럴 땐 그저 난감하고 답답할 뿐이다.
그러다 결국…

“기사님, 제가 주말엔 집에 있는데요.
혹시 그때 와주시면 안 될까요?”

보일러 수리 기사님은 말한다.

“고객님, 저도 주말엔 쉬어야지요.”

순간, 나도 모르게
‘아니, 주말에 쉴 거 다 쉬면 일은 언제 하시나요?’라는 말이
목 끝까지 차오르다 아차 싶다.
동병상련. 알고 보면 우린 같은 처지인데
기사님께 이런 마음을 가지는 건 나 자신을 배반하는 행위다.
어쩔 수 없이 울며 겨자 먹기로 최후의 선택을 한다.

"그럼 내일 반차 내고 집에 가있을게요.
오후 4시쯤 와주세요."

쌓인 일도 산더미이지만,
무엇보다 소중한 연차를 이렇게 깎아먹다니….
망할 놈의 보일러 같으니.
그래도 무생물인 보일러에게 욕을 하니 죄책감은 덜하다.
내 마음을 아는지 모르는지 기사님은 덤덤히 얘기한다.

"그래요. 고칠 건 빨리 고쳐야죠."

그런데 말이에요.
보일러 고치기 전에
망가진 내 인생부터 좀 고쳐주세요!

만날 수 없는 운명

보일러가 망가졌는데,
주말에 와주실 수 있나요?
저도 평일만
일해요…
전 평일만
일해요

#견우와_직녀 #로미오와_줄리엣 #직장인과_직장인
#찬물에_눈물샤워 #정신이_아차 #날아간_반차

굶어 죽지 않을 팔자

"일복이 참 많으시네요."

일복 많은 사람들이 들으면 까무러칠 소리.
그런데 이 말을 들을 때마다 부정하지 못하는 나를 보면,
'사람들 말처럼 내 팔자가 원래 이런 건가?'
생각하게 된다.

조상복, 배우자복, 자식복, 재물복은 안 주셨어도
일복은 가득가득 넘치게 주셨겠지.

그래, 나는 일복이 많아서
절대절대 굶어 죽진 않을 거다.
일이 많아서 죽을 순 있겠지만.

복 많이 받으세요

복 많이…
어이쿠!
일복을 놓었네?
툭
일福

#사양하지_말고_받아
#페이크다_일복이야 #극혐짤
#회사_단톡방에_올리면_매장각

저염식
처방전

나트륨 대신 업무를 줄이고,
고춧가루 대신 스트레스를 덜고 싶다.

덜 짜게 덜 맵게
덜 힘들게 덜 피곤하게.

그러면 지금보다 훨씬 건강해질 텐데….

속 쓰려염

위염 있는 사람?
저염
장염 있는 사람?
저염
식도염 있는 사람?
저염

#회사생활은_속_썩는_일투성이
#스트레스성_고질병 #만병의_근원은_너염 #염병

늦었다고 생각했을 땐
이미 늦었다

가끔 사무실이 정전될 때부터
조심했어야 했는데….

화면 로딩이 더딜 때부터
알아봤어야 했는데….

뭔가 느낌이 쎄할 때부터
미리 저장 버튼을 눌렀어야 했는데….

아, 이건 이천십팔 년!

생활 속의 SAVE

화병으로 영정각
전에 시킨 거
다 됐지?
컴은 뻑나고!
나는 빡치고!

#마우스_커서와_함께_나도_멈춤
#뻑나고요_빡치고요_고요고요_고요한_밤에_야근각

연휴에 맞춰진
생체리듬

황금연휴가 끝난 뒤
가장 먼저 한 일.

다음 연휴 검색!

.

.

.

그런데,
2025년이 오기는 오나요?

슬픈 표정 하지 마
다음 연휴가 있으니까

10일짜리 연휴가
또 있어?
응~ 7년 뒤

#연휴에_맞춰진_생체리듬
#엇박_나는_업무리듬
#복귀하니_내_맘은_엉망진창
#이제_계속_출근해야_되는_거_실화냐

월급 왔다!
탈탈 털자!

잘나가는 래퍼 도끼처럼
수십 대의 외제차를 사는 것도 아닌데
몇백 평의 집이 있는 것도 아닌데

월급은 왜 사이버머니
손에 쥘 수 없는 거니
어디로 사라지는 거니

쇼미더머니

월급 씨 발라요

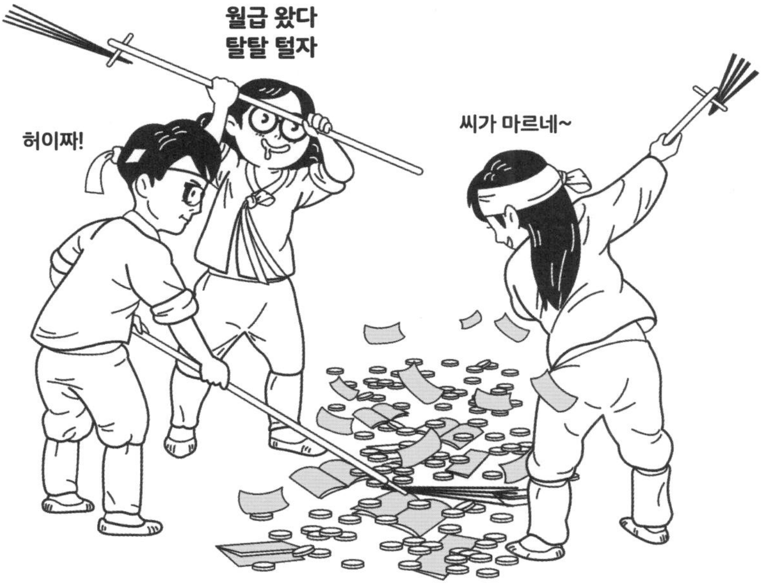
월급 왔다
탈탈 털자
허이짜!
씨가 마르네~

#인간_탈곡기 #월급_보릿고개
#월급_로그아웃 #텅장 #영혼까지_탈탈

상 드립니다, '진상'

월요일 아침에 보고해야 하는 일이 있다.
오늘은 금요일.
출근 후 퇴근 직전까지
자료를 최대한 확보하고 정리한다.

오후 5시 50분.
외주 업체에 넘기기만 하면 불금 시작!
월요일 오전엔 기획과 디자인이 되어 와있겠지?

아, 깔끔한 일처리!
이렇게 일 잘하는 나는…
상 받아야 해!

5시 50분의 법칙

수정 요청이닷!
요 녀석아!
내일 아침
보고 일정이…
드뎌
퇴근이다!

#내일까지다_요_녀석아 #혹은_월요일_아침까지 #자매품_퇴근길_자료_요청
#끝날_때까지_끝난_게_아니다 #끝났다고_했지만_또_수정

꿈은 또 이루어진다

늦었다. 지각이다.
회의, 회의, 또 회의….

"이걸 보고서라고 쓴 거야?"
"도대체 일을 어떻게 하는 거야?"

혼나고, 혼나고, 또 혼나고….
헉! 꿈이구나. 다행이다.

아오, 늦었다. 진짜 지각이다.
마라톤 회의가 계속된다.

"정신을 도대체 어디다 뒀어?"
혼나고, 또 혼나고 혼이 나가고….

꿈이 현실인지,
현실이 꿈인지.

겟 아웃

으아아악! 꿈에서도 일했어!

규정할 수 없는 꿈
★★★★★

소름 끼친다
★★★

극한의 경험
★★★★★

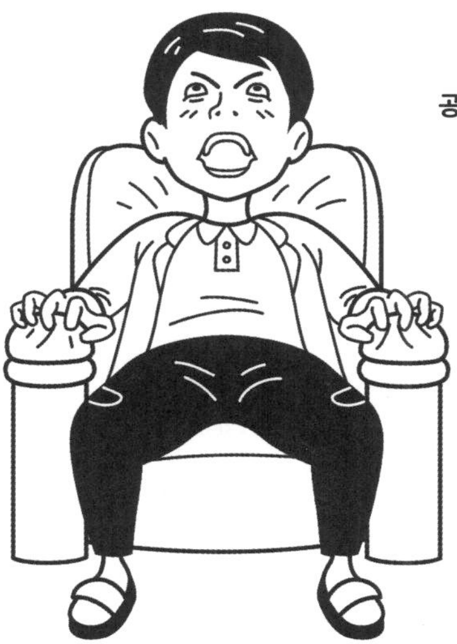

공포를 넘어선 놀라움
★★★★★

충격적이다
★★★

역대급
★★★★★

#소오름 #내일_월요일 #주말인데_일한_느낌
#회사_꿍꺼또 #일하는_꿍꺼또 #훌쩍ㅠ_ㅠ

의도치 않은 자아실현

업무에 적응할 만하면 발령이 나고,
사람들과 익숙해질 만하면 부서가 바뀐다.

덕분에 책상을 꾸민다거나
개인 짐을 가져다놓는 일이 없다.

어느 순간, 캐리어 하나에 모든 짐이 다 들어가는
미니멀리즘의 경지에까지 도달했다.

철모르던 어린 시절의 꿈을
이 회사에 와서야 이루었다.

여행가라는 꿈을.

프로봇짐러

자네도
부서 옮기나?
인사 이동만
여섯 번째라네!
항시 봇짐을
싸놓게나

#회사가_나에게_살을_날렸다
#역마살 #살살해

퇴사용
기억상실증

인격 모독이요?
부장님이 그러신 적 있었나요?
인상 좋아 보이시는데 그럴 리가 있나요.

의견 번복이요?
과장님이 자주 그러셨다고요?
잘 모르겠어요. 기억이 잘 안 나서요.
회의하다 보면 그러실 수도 있죠, 뭐.

퇴사요?
그냥 몸이 안 좋아서 좀 쉬려고요.
퇴사하고 나면 모든 게 지워질 것 같아요.

.
.
.

머릿속 데이터도,
노트북 데이터도.

포맷 후 퇴사

아름다운 사람은
머문 자리도
깨끗하다

#마음을_비우고_기억도_지우고_흔적도_지운다
#인수인계_끝 #포맷_후_퇴사 #나는_아무_일도_없었다

나부터 챙기는
작은 잽 01

일은 못해도 건강 하나는 최고인 '정사원'이 알려주는

사무실 간단 스트레칭

활동량이 작은 공간에서 온종일 긴장된 상태로
같은 근육만 쓰는 직장인들에겐 스트레칭이 필요하다.
아주 간단하고 쉬운 동작들을 익혀 튼튼이 내 몸을 챙겨보자.

목 운동

뒷목 잡게 만드는 상황들로부터 나를 지키는 맞춤 운동

가볍게
귀를 살짝!

❶ 양발을 어깨너비로 벌리고 바른 자세로 선다. 오른손을 머리 뒤로 넘겨 왼쪽 귀를 잡는다.

끄응

❷ 손목과 팔꿈치의 힘으로 지그시 눌러준다. 5초 동안 멈췄다가 처음의 위치로 돌아간다. 반대쪽도 실시한다.

턱에
살포시~

❸ 마주 댄 두 손의 엄지손가락을 턱 밑에 갖다 대고, 천천히 밀어 올리면서 목을 뒤로 젖힌다.

쭈우욱

❹ 5~10초 동안 멈췄다가 처음 위치로 돌아간다. 같은 방식으로 왼쪽, 오른쪽 45도 사선으로 목을 젖혀 스트레칭한다.

복부지방 태우기 운동

야근과 야식 횟수에 비례해 늘어난 뱃살 빼기 꿀팁

겨털 말고
제 동작에
집중해주세요

니킥하듯
훅!

❶ 허리를 곧게 펴고 양손을 머리 뒤에 가져다 댄다. 등은 의자에 닿지 않도록 뗀다.

❷ 오른쪽 무릎을 가슴까지 들어 올리고, 왼쪽 팔꿈치를 오른쪽 무릎까지 당긴다.

끄응차

하나
둘
스물

❸ 이번엔 왼쪽 무릎을 가슴까지 들어올리고, 오른쪽 팔꿈치를 왼쪽 무릎까지 당긴다.

❹ 이렇게 20번을 반복하는 것을 1세트로 잡고, 3세트씩 실시한다.

주의 무릎만 올리는 게 아니라, 복근에 최대한 힘을 주어야 운동 효과가 있다.

팔과 손목 스트레칭 운동

딸깍딸깍 마우스와 물아일체가 된 직장인들의 필수 운동

10초 동안
쭈욱!

완전히
펴는 게
포인트

❶ 두 손을 깍지 끼고 머리 위로 쭉 당겨준다. 잠시 후, 몸을 옆으로 기울여준다. 반대쪽도 반복한다.

❷ 깍지 낀 손을 팔꿈치가 완전히 펴지도록 앞으로 뻗어 쭉 늘려준다.

쭈욱
쭈욱

아, 시원해

❸ 오른 손바닥을 정면으로 향하게 뻗고, 이를 왼손으로 부드럽게 꺾어준다. 반대쪽도 반복한다.

❹ 오른 손바닥이 아래로 향하도록 손목을 꺾고, 왼손으로 살포시 잡아준다. 반대쪽도 반복한다.

눈 건강 지키기

눈치 보랴, 모니터 사수하랴, 눈이 피로한 현대인을 위한 꿀팁

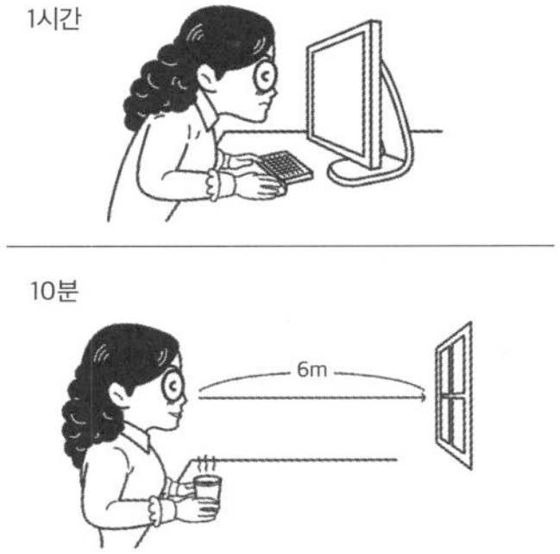

- 한 시간마다 10분씩 먼 곳을 바라본다. 이때 적어도 6m 이상의 거리가 이상적이다.
- 모니터와 눈의 거리는 30~45cm를 유지하고, 시선은 아래로 각도를 조절한다.

- 눈을 감고 좌우로 굴려주고 뜬 상태에서 다시 한 번 상하좌우로 굴려준다.
- 수건을 온수에 적시거나 손을 20회 정도 비벼 눈 위에 얹어준다.

나부터 챙기는
작은 잽 02

프로페셔널 월급루팡러 '주주임'이 알려주는

안전하게 딴짓하는 법

대표님 왈, "다들 받는 만큼은 일해야지!"
앗, 어쩌지? 받은 만큼 일하면 벌써 퇴근인데….
융통성을 발휘해 티 나지 않게, 안전하게 딴짓을 해보자.

지켜보고 있다

뒤통수에 눈 달기

모니터에 작은 거울을 달자. 후방에 상사가 출몰했는지 수시로 감시할 수 있다. 하지만 고전적인 방법이기도 하여 상사가 이미 거울의 용도를 알 수도 있다. 그럴 땐 과감히 바탕화면을 검정색으로 바꾸고 거울 대용으로 활용해보자.

너무 투명하니까
나도 안 보이잖아

메신저는 은밀하게 위대하게

PC용 카톡 대화창의 화면을 '엑셀 캡쳐 이미지'로 바꾼다. 대화창 크기를 키우고 멀리서 보면 꽤 그럴 듯하다. 대화창 투명도는 최대한 낮춘다.

혹시라도 상사 욕을 하다가 들킬 수 있으니 친구들과 통하는 상사의 별명을 미리 정해두자.

고양이 목에 방울 달기

방법 1 상사가 후방에 나타났을 때 좀 더 빨리 알아차릴 수 있게 소리가 크게 나는 슬리퍼를 선물해보자.

주의 상사가 슬리퍼의 의미를 묻는다면 최신 유행템이라고 잽싸게 대답하자.

방법 2 내 자리까지 오는 길목마다 물건들을 복잡하게 쌓아둔다. 뭔가에 걸려서 물건이 떨어지게 만들었다면 반은 성공이다. 일종의 부비트랩* 역할이다.

* 적을 피하거나 제거하는 과정에서 시간이 소모되도록 하는 일종의 '위장 폭탄'이다.

나는야 단축키 장인

Alt+Tab 현재 실행되는 창을 최소화하고, 다른 창을 띄울 수 있다. 이때 업무용 창은 미리 준비해둘 것.

Alt+F4 현재 활성화되어 있는 창을 종료할 수 있다. 증거 인멸을 위해 아예 다 꺼버리는 기능이니 주의할 것.

Win+D 모든 창이 최소화되고 바탕화면만 보인다. 미리 다른 창을 준비하지 못했을 때, 아주 유용하다.

주의 딴짓하는 건 감출 수 있지만, 일도 안 하는 것처럼 보일 수 있음.

나부터 챙기는
작은 잽 03

오늘도 상사에게 영혼 탈곡당한 '주주임'의

스트레스 해소법

업무에 치이고, 사람에 볶이느라 자신을 돌볼 여력이 없다고?
따로 많은 시간과 비용을 들이지 않고도
쉽고 편안하게 실천할 수 있는 스트레스 해소법을 따라해보자.

1. 뭐라도 씹자

연구에 따르면 '씹는' 행위가 스트레스를 줄이고 컨디션 조절을 하는 데 도움이 된다고 한다. 운동선수들이 경기 중 껌을 씹는 것도 이와 같은 이유.
그러니 스트레스를 받을 땐 조용히 씹어보자. 씹을 거리에는 견과류, 젤리, 껌 그리고 직장상사를 추천한다!

상사는
씹어야
제맛

2. 음악 듣기

평소 자신이 좋아하는 음악이나 클래식을 들으면 스트레스와 피로감을 줄이는 데 효과적이라고 한다. 상사의 잔소리는 잠시 잊고, 좋아하는 음악의 볼륨을 높여보자.

불개미상회의 PLAY LIST

- 김사월 X 김해원, 〈지옥으로 가버려〉
- 피해의식, 〈왜 나한테만 지랄이야〉
- 몽니, 〈날 좀 내버려두세요〉
- 이수영, 〈내 이름 부르지 마〉
- 파스칼, 〈칼퇴근〉

개소리는
안 들을
거지롱

3. 책 읽기

빡빡한 업무 때문에 지쳤는데, 독서라니. 오히려 스트레스를 받을 것 같다고? 하지만 생각과 달리 스트레스 해소로는 독서가 최고다. 단, 6분만 독서를 해도 스트레스 수준이 무려 절반 이상이나 뚝 떨어진다고 한다. 좋아하는 책을 읽으며 스트레스를 풀어보자.

4. 나만의 공간 꾸미기

나는야
다육이
물을
조금만
주세요
스투키

하루의 절반 이상을 보내는 오피스 공간을 나만의 멋과 스타일이 담긴 공간으로 바꿔보자. 지친 회사생활에 활력을 주고, 기분 전환에 도움을 줄 것이다.

· 나만의 미니 정원 만들기

작은 식물이라도 키워보자. 눈의 피로감도 덜고 심리적 안정감도 느낄 수 있다. 특히 공기가 건조하고 탁하다면 공기 정화 기능이 있는 다육식물을 추천한다.

· 사무용품 바꾸기

마우스패드, 스탠드, 펜꽂이 등 자칫 투박할 수 있는 사무용품에 나만의 취향을 더해보자. 요즘은 기능성과 디자인을 겸비한 상품들이 많으니 참고해도 좋다.

PART 02

어차피 다닐 거면 빠르게 적응합니다

직장인의
필승전략

회식 자리는 철벽방어.

인맥 관리는 밀착수비.

야근, 철야, 주말 출근의 해트트릭.

애사심만은 태극전사.

축구선수세요?

#회의는_짧게_연장전은_싫어요
#그들만의_리그 #태극전사_말고_태클전사

사회생활의 시작,
폭풍 리액션

"아몬드가 죽으면 뭐게?"
"네?"
"다이아몬드, 아하하하하하!"

어느 날 아재개그를 시도하신 차장님.
처음에 몇 번 웃어드렸더니 어디선가 계속 배워오신다.
그렇게 웃다 보니 얼굴에 경련이 일어나고,
박수를 하도 쳐서 손바닥에 불도 날 것 같다.

우리도 안다.
세대 차이 나는 직원들과 소통하려는
눈물겨운 노력이라는 것을.

아니까, 알고 있으니까…
이제 제발 그만해주세요.

아몬드 대신 제가 죽을 것 같아요.

올바른 리액션

맥주가 죽으면서
하는 말은 뭐게?
유언비어~!
아이고 배야!
ㅋㅋㅋㅋㅋㅋ
ㅋㅋㅋ
그럴 거면
개그맨을 하세요

#안면근육_하회탈 #난_양심을_버린다
#개그_지_같은_개그

사회적 동물의 세계

두뇌 싸움이 치열한 직장의 세계.
여기 서로의 일을 미루는 녀석들이 있습니다.

이 녀석은 사원 미어캣입니다.
요리조리 눈치를 보고 있는 중이죠.

무리 생활에 강한 이 녀석은 대리 하이에나입니다.
협동심이 좋아 때로는 사원이나 동기들과 함께
차장, 부장이라는 덩치 큰 녀석들에게 일을 떠넘기기도 하죠.

부장 나무늘보입니다.
느릿느릿 아무것도 안 하는 것 같지만,
아까부터 일 미룰 기회를 엿보고 있는 중이죠.

이렇게 서로의 일을 미루기 위해 눈치만 보는,
이곳은 오늘도 평화로운 동물의 세계입니다.

미루다 삼각지대

차장님,
처리 좀
내 담당
아닌데?
아몰랑,
과장님이
알아서
그럼 내가?

#피타고라스_정리를_부탁해
#멸망공식 #뫼비우스의_띠

1평 안의 정치인

사내 실세인 것처럼 자신만 따라오라며
모든 것을 해낼 수 있다고 말하는 그대는

여당인가 무당인가.

본인 머리엔 아무것도 없으면서 자꾸만
사원들에게 공약空約을 남발하는 그대는

이사인가 남이사인가.

프레젠테이션 기술보다
접대용 탬버린 기술이 더 뛰어난 그대는

차장인가 공연장인가.

라인을 잘 타자

허이짜
얼쑤~
아이씨 잘모ㅅ…

#사내_무형문화재 #줄타기_장인 #어쩌다_광대
#광대_승천 #썩은_동아줄_환승주의 #부장라인_실장라인_싫어요

빅엿

잘 정리된 바통인줄 알았는데,
잘 계획된 빅엿이었지 뭐예요.

연락받지 않는 전임자.
자기는 잘 모르겠다는 상사.

내가 무슨 잘못이 있다고
이런 빅엿을 선물하셨나요.

내 연락은 받지 않는 당신…,
실업급여를 받으며 편히 쉬고 계신가요?
아니면 이직해서 잘 살고 계신가요?

문자라도 보내봅니다.

"자니? 이 개새끼야?"

인수인-계주

나 퇴사하니까
내가 하던 업무를
부탁해~
인수인계
자료인가요?
빅엿이야!

#잘_정리된_바통인_줄_알았는데
#잘_계획된_빅엿이었어
#지옥의_인수인계 #나한테_왜_그래

마음만은 연예인

전국 팔도를 휩쓰는
〈전국노래자랑〉 송해 선생님.

〈쇼! 음악중심〉 엔딩 무대를
장식하는 아이돌.

전 국민의 사랑을 받는
〈가요무대〉 위 베테랑 가수.

마이크를 잡을 때만 해도
내가 상상하는 모습은 딱 그랬지.
하지만 현실은

.

.

.

몸 따로, 마음 따로
몸치, 박치, 음치
수치의 극치!

이 정돈 기본이죠

회식 날 쓰려고
항상 지니고
다닙니다!
회식 3종 세트
역시
나대리야!

#일단_달려야_하니_말_달리자 #어쩌다_재롱잔치
#그리고_이불킥 #로봇춤이라도_괜찮아

싸게 팝니다

각자 하나뿐이라 희소가치가 있습니다.

눈에 보이지는 않습니다.

그러나 가끔 보는 사람도 있습니다.

무게는 21g*입니다.

·
·
·

매달 25일을 위해

영혼을

싸게 팝니다.

* 덩컨 맥두걸이라는 의사는 자신의 실험 결과 영혼의 무게가 21g이라고 주장했다.

아부의 신

어익후 대표님!
오늘따라
의상에 후광이~
매일 이 옷이잖아요
가불하시게요?

#영혼까지_파는_천생_샐러리맨
#저_좀_보세요_딸랑딸랑 #혼신의_연기 #아트의_경지

노력은 거북이처럼
실력은 토끼처럼

제대로 된 사수 없이 몇 년을 일한 적이 있다.
내가 지금 하고 있는 게 맞는 건지 감도 안 잡히고,
제대로 된 방향으로 가고 있는 건지 막막하기만 했다.
마음은 언제나 조급했고 불안했다.
무엇보다 빨리 실력이 늘었으면 했고,
누구보다 먼저 인정받고 싶은 마음이 컸다.

그 당시 나는 〈토끼와 거북이〉 우화에 나오는
거북이가 된 것만 같았다.
실력이 느릿느릿 제자리걸음같이 느껴졌기 때문이다.
스스로가 너무 답답했지만,
그럼에도 할 수 있는 건 거북이처럼 계속 나아가는 것뿐.

모르는 게 있으면 어떻게든 알아내기 위해,
문제가 생기면 스스로 해결하기 위해 애썼다.
물론 그러면서 진행하던 일이 몇 번 어그러졌고
이 과정에서 책임을 지느라 마음고생도 심했다.

이렇게 꽤 오랜 시간을 보내고, 이직을 하게 됐다.
이직을 한 곳에서는 시간 대비 많은 일을 해냈다.
그제야 깨달았다.
사수가 없었을 때 갈피를 못 잡아
나름의 조급함과 두려움이 있긴 했지만,
그 과정에서 많은 것을 배우고 익혔다는 것을.
수많은 클라이언트를 상대하고,
크고 작은 일을 모두 견디면서
나도 모르는 사이에 실력이 쑥쑥 자란 셈이다.

더 이상 거북이가 아니었다.
터보 엔진을 단 토끼 같았다.

지금 당장 자신이 남들보다 느린 건 아닌지
타인의 속도와 비교하며 조급해하고 있다면,
전혀 그럴 필요 없다.
빨리 가다가 도중에 포기하는 것보다

느리더라도 꾸준히 가는 게 중요하다.
그렇게 거북이처럼 노력하다 보면
토끼처럼 실력을 발휘하는 순간이 온다.

시간은 누구에게나 공평하게 주어진다.
똑같은 24시간 같지만
지금 이 순간 어떤 노력을 하느냐에 따라
36시간의 효과를 발휘하기도 하고,
48시간의 효과를 발휘하기도 한다.
반대로 겨우 12시간, 8시간밖에 못 미치기도 한다.
지금도 시간은 계속 흐른다.

거북이처럼 보낼 것인가,
토끼처럼 보낼 것인가.
선택은 결국 본인 몫이다.

일이 열라 많으니
실력도 열라 늡니다

업무력이
올라가고 있어?
계, 계왕권?!
50,000
70,000
100,000
200,000

#일이_많아지면_손이_빨라지고_손이_빨라지면_일이_많아지네
#나는_참_빨라 #이_정도면_초능력 #5년_차도_10년_차처럼

놓지 마, 정신줄

잘나가는 부장님 줄은
못 타더라도

정신줄은 놓지 말았어야 하는데….

덕분에 똥줄만 타네.
식은땀만 줄줄 흐르네.

공개적인 뒷담화

오후 03:30
단체회의방
눈치제로신입
주주임님한테만 하는 얘긴데요.
응?
눈치제로신입
미팀장 오지게 깐깐해서 피곤하지 않아요?
여기 단톡방이야….
전송

#잠깐만_이대로_퇴사인가 #단톡방_대참사
#충격과_공포 #충성충성_살려만_주십시오

손 벌려,
시안 들어간다

화려하지만 심플하게.
모던하지만 클래식하게.
느낌적인 느낌, 아시잖아요.

클라이언트 마음속에만 있는
느낌적인 느낌을 찾아서
오늘도 활시위를 당기는 중!

백발백중 취향저격

눈은 떠야지?
이거 맞으면
퉤질각
뭘 좋아할지 몰라서
다 준비했어

#과녁은_클라이언트_맘속♥
#이중에_하나는_맞겠지
#양심적으로_이거_중에_고르자
#추가_시안_따윈_없다 #삼타일피

별일 없이 산다

200원짜리 힐링을 삽니다.
3,000원짜리 재미도 삽니다.
4,500원짜리 유행을 삽니다.
50,000원짜리 로망을 삽니다.

그냥 삽니다.
괜히 삽니다.
일단 삽니다.

전 지금 사치하는 중이 아니라
회사생활로 피폐해진 정신을
열심히 치료하는 중이니까요.

개같이 벌어 탕진잼

오늘은
다O소를
털러 갑시다
어화둥둥~
스트레스 해소에
오지게 좋구려~

#탕진잼 #정신치료_중 #월급_뿌셔
#탕탕진_텅텅장 #오늘만_산다

5분
먹방

음식 나온 지 5분밖에 안 지난 거 같은데,
왜 저는 혼자 밥을 먹고 있는 걸까요?

뜨겁게 나오는 뚝배기도 **호로록!**
팔팔 끓는 찌개도 **호로록!**
살얼음 낀 냉면도 **호로록!**

어쩜 그렇게들 빨리 드실 수가 있는지….

혀는 안녕하세요?
머리는 안 아프시고요?

이 속도를 따라서 먹다간
체할 거 같고, 혀 델 거 같고, 살 찔 거 같아요.

이것이 빨리 먹기 대회라면
그냥 제가 자진 꼴찌하겠습니다.

빨리 먹기 대회인가요

저…
음식 나온 지
5분밖에
안 지났는데요?
괜찮아~
천천히 먹고
야근하면 되지
천천히 먹어
정사원

#자진_꼴찌 #매번_최고기록_갱신 #호로록

수상受賞한 직원

묻지도 따지지도 않고
혼자 **'상상'**해서 일을 진행시키더니
결국엔 **'울상'**이 되어서 돌아와
'진상'이라는 소리까지 듣게 되었으므로

·
·
·

올해의 인재人災상을 드립니다.

올바른 '인재'상

개망 폭망
자넨 우리 회사의 인재야
인재人災!
너는
자연재해

#예방할_수_있는_건_인재
#예방할_수_없는_건_자연재해

내 이름은 호구,
직장인이죠

이번 달에도 도난 사건 발생!
분명 25일에 일정 금액이 입금됐는데,
눈 깜빡할 사이 흔적조차 남기지 않고
통장에 있던 돈이 모두 사라졌다.

범인은 아주 대범해.
같은 날짜, 같은 시각에
동일한 수법으로 범행을 저질렀지.

여기서 더 중요한 건,
여러 번 당하는데도 매달 통장에
돈을 입금하는 누군가가 있다는 거지.
공범인 걸까? 아니면 동일인물인 걸까?

.

.

.

그렇다면 범인은…?

사건파일 #18

월급을 받자마자
하루 만에
순삭되고 있어!
범인은…?

#범인은_내_안에_있다
#내_속에_내가_너무_많아서 #진실은_언제나_하나뿐

지켜보고 있다

"윗사람들이 모르는 것 같지? 위에선 다 보인다."

위에서 속사정을 몰라주는 것 같아 답답해하던 참이었다.
마음을 어떻게 알았는지 사수가 지나가는 말로
나에게 툭 던진 말이다.
모르는 것 같지만, 위에선 다 지켜보고 있다는 것!
그럴 리가 있나. 전혀 관심도 없고
아는 척도 안 하는 것 같던데…
정말 다 알고 있다고?

그때는 몰랐다.
시야가 좁고, 정말 코앞에 있는 것도 보기 바빠
더 많은 것을 보지 못한 것이다.
직장생활이라는 게 산을 오를 때와 비슷하다.
지금 당장 올라가는 길만 생각할 땐
주변을 둘러볼 여유가 없지만,
산 정상에 올라서면 이야기가 달라진다.

평지에 있을 땐, 올라오는 동안엔
보지 못했던 것들이 하나둘 보이기 시작한다.

정말 이상하게도 사원, 대리일 때는 몰랐던 것들이
차장이 되어서야 보이고 들리기 시작했다.
그제야 사수가 했던 말이 무슨 의미인지 이해하게 됐다.
누가 꼼수를 부리는지, 누가 게으름을 피우는지,
왜 그런 핑계를 대는지, 진짜 문제는 무엇인지….
궁예도 아니고, 관심법을 할 줄 아는 것도 아니지만
어쩐지 다 알 수가 있었다.
그 모든 행동들은 이미 내가 했던 것이거나
주변에서 익히 봐왔던 것들이기 때문이다.

그리고 한 가지 더 알게 된 사실이 있다.
알면서도 모르는 척하는 경우가 생긴다는 것.
진짜 몰라서 그러는 게 아니다.
잔소리를 하고 싶지 않아서,

혹은 상황상 어쩔 수 없이 그래야만 해서
눈을 감고 입을 닫고 귀를 막는다.

지금은 나도 누군가에게 똑같은 이야기를 듣는다.
"윗분들이 저희 사정을 너무 모르는 것 같아요."
"관심은 1도 없는 것 같아요."

그럴 때면 이전에 사수가 했던 말을
그대로 옮겨서 읊어주곤 한다.

"윗사람들이 모르는 것 같지?
위에선 다 보인다."

후방주의

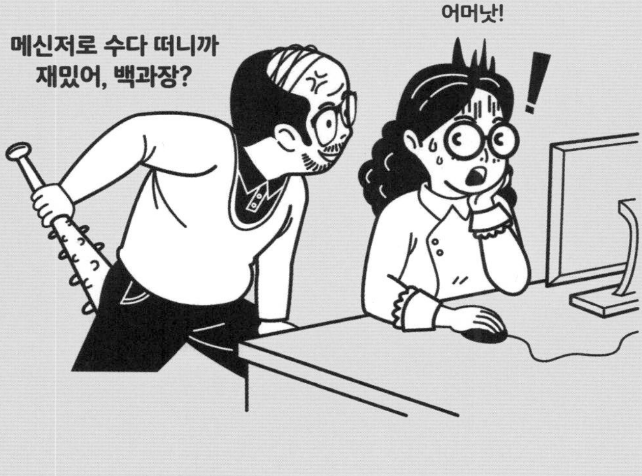
메신저로 수다 떠니까
재밌어, 백과장?
어머낫!
!

#잡았다_요놈 #후방주의 #뒤를_부탁한다

장독대

오랜만에 주말다운 주말을 보내나 했더니
전날 회식으로 몸져누워서 **된장.**

징검다리 연휴에 슬쩍 발 얹다가
부장님이 선수 치는 바람에 **젠장.**

비수기에 휴가 가려고 하면
기똥차게 일폭탄 떨어져서 **환장.**

장이란 장은 다 모였으니,
장독대가 따로 없네.

이런 씨, 간장!

연차는 언제 쓸 수 있죠?

메주를 묵히면
된장이 되듯이
더 기다려봐
연차 묵히면
똥밖에
더 되나요?
이런 된장!

#묵힌다고_다_좋은_게_아니다
#된장 #쌈장 #애간장

진짜 피로회복제는 집에 있습니다

동해, 서해, 남해 가릴 것 없이 분명 모든 도로가 꽉꽉 막힐 거야.
피서지로 가는 길이 내내 지옥이겠지.

아마 공항에도 사람들이 미어터질 거야.
비행기는 연착되고 또 연착되고,
면세품 찾을 시간은 없어서 짜증나고….
발리나 세부엔 한국 사람이 더 많아서
아마 제주도에 있는 기분일 거야.

여친이나 남친 만나면 돈만 더 쓰게 될 거야.
어딜 가든 사람에 치여서 재밌게 놀지도 못하고
이럴 거면 뭐 하러 만났냐며 싸우다 집에 가게 되겠지.

그래서 내가 휴가도 반납하고 일하는 거야.
그런데 잠깐…,

지금 눈에서 흐르는 게 눈물인가?

바캉스 대신 박카스

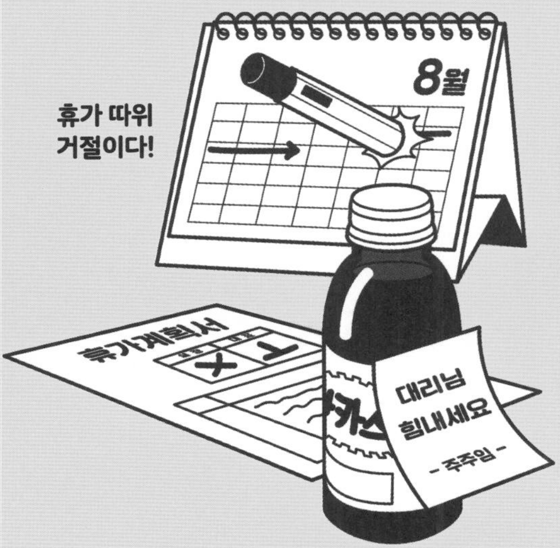
휴가 따위
거절이다!
8월
휴가계획서
대리님
힘내세요
- 주주임 -

#뻐큐_머경 #두_번_머경

마음만은 프로선수

이거 해라 저거 해라 그게 아냐 아니라고
입으로는 뭔들 못해 뒷짐 지고 나불나불
선수에게 빙의된 듯 지적질만 오백만 번
답답하면 니들께서 직접 한번 해보시죠

- 이랬다가 저랬다가 왔다 갔다
싸이에 빙의된 상사를 모신 자의 빡침

하여가

이런들 어떠하리
저런들 어떠하리
그래도 불만이면
네가 하면 좋겠구나

#이_몸이_죽고_죽어_일백_번_고쳐_죽어야만_하냐!
#도와줄_것도_아니잖아

끝의 시작

끝내주게 일할 자신 있다던 막내가
진상 끝판왕을 만나 끝까지 가더니
끝끝내 못 해먹겠다며 도망쳐버렸네.

다시 돌아온

행복 끝, 불행 시작!

막내탈출 넘버원

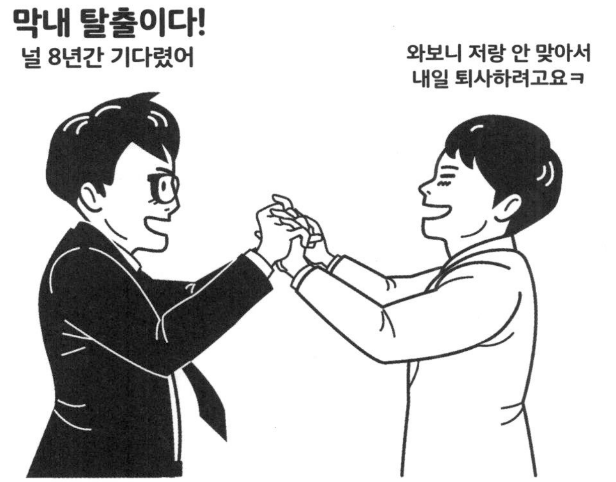
막내 탈출이다!
널 8년간 기다렸어
와보니 저랑 안 맞아서
내일 퇴사하려고요ㅋ

#왜_이제_온_거니 #만나자마자_이별 #입사_8년_차_막내
#막내가_안_구해져서_사망 #정년까지_막내_하다가_사망

오늘도
떡칠 중

개떡같이 말하면
찰떡같이 알아듣느라
늘 어깨는 뭉치고,

팀장님의 지시 사항은
꿀떡 삼켜버리듯 잊어버려서
분위기는 쫄깃해지고,

콩고물이라도 떨어질까 싶어
헐레벌떡 아부를 해보지만
.
.
.
결국엔 또 개떡을 찰떡으로 만들어야 하는
우리는 달나라 토끼 같은 운명의 직장인.

개떡을 찰떡으로

이런다고
찰떡이
되나요?
개떡 같은
업무 지시

#개떡같이_말해놓고_찰떡같이_알아들으라뇨 #사원들은_사투_중
#쑥떡쑥떡 #쿵떡쿵떡 #이러쿵저러쿵 #언어_테러

우리 사이

'퍼스널 스페이스'라는 게 있다.
타인에게 침범받고 싶지 않은 물리적, 심리적 공간으로
친밀도가 높을수록 그 폭이 줄어든다고 한다.

공적인 거리(연설, 강연) : 360cm
사회적 거리(사무적인 인간관계) : 120~360cm
개인적 거리(친구) : 46~120cm
밀접한 거리(연인 및 보호자와 어린이) : 15~46cm

우리가 보호자와 어린이 사이는 아니잖아?
연인 사이는 더더욱 아니고?

오줌 튄다고!
예의 바른 거 알겠으니까,
인사는 볼일 보고서 좀 이따 하라고!

볼일은 보고서 말하자

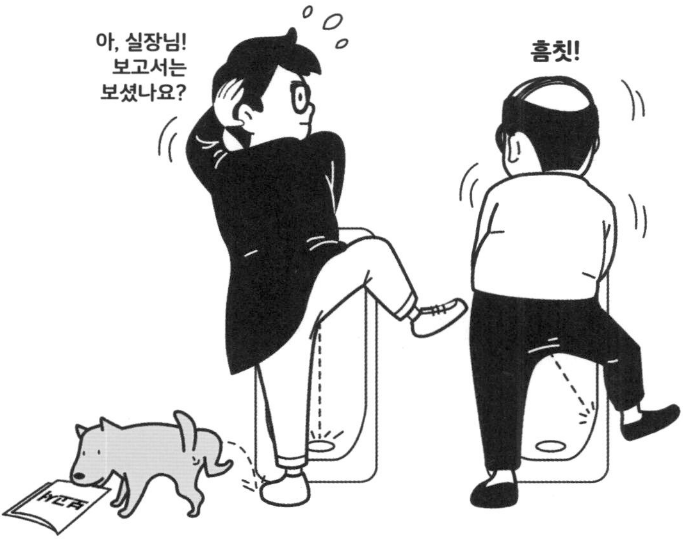
아, 실장님! 보고서는 보셨나요?
흠칫!

#화장실_에티켓 #볼일은_보고서_말해
#너_땜에_손에_묻었잖아
#똥오줌이라도_편히_싸자

어제도, 오늘도 비상주의보

바다 건너 일본에서 한 청춘이 스스로 목숨을 끊었다.
청년의 나이는 불과 스물다섯.
부푼 꿈을 안고 갓 입사한 신입사원이었다.
그런데 계속되는 인격 모독과 야근에
끝내 안타까운 선택을 했다고….

이 사건은 다음 날 아침부터 저녁까지
연이어 뉴스에 보도되었고,
직장인들은 너 나 할 것 없이 SNS에 퍼 날랐다.
남의 이야기가 아니었던 것이다.
그날 동료들과 주고받은 이야기는 이랬다.

"월 105시간 초과근무? 그래봤자 평일에 15시간씩 일한 거네~"
"그렇죠. 매일 밤 12시에 퇴근한 거랑 비슷하죠."
"근데 바쁠 땐 다들 그렇지 않나?"
"우리도 새벽에 퇴근하고 아침에 퇴근하고 그러는데…."

우리는 겉으론 웃으면서 속으론 울었다.
어제도, 오늘도 그리고 내일도
반복되는 야근이 위험한 이유는 따로 있었다.
다크서클, 어깨 결림, 손목터널증후군 같은 증상보다
더 심각한 건 바로 '메마른 마음'이었다.

마음에는 따뜻한 온기가 없었고,
하다못해 바람 한 점 불 것 같지 않았다.
과다한 노동과 시간 외 근무는 남의 이야기가 아니었지만,
또 한편으로는 어쩔 수 없는 당연한 이야기였다.
어쨌든 모두가 그런 삶을 버텨내고 있는
흔하디흔한 직장인이었으니까….

씁쓸한 마음을 감추고 일을 하려는데,
문득 대학 시절 교양 과목 교수님께 들었던 이야기가 떠올랐다.

"어느 날 한 학생이 발표를 하려고 나오면서

뭘 들고 나오더라고요.
뭘 들고 나온 건가 보니까 분무기였어요.
갑자기 그 학생이 강의실을 돌아다니면서
여기저기 분무기를 뿌리더니
'아 건조해 너무 건조해'라고 하더라고요.
여기저기서 웃음이 터졌어요.
그 학생 덕분에 그야말로 삭막하고 건조했던
강의 분위기가 좋아진 거죠."

우리의 마음에도 지금
그런, 분무기가 필요하다.
가뭄을 없애줄 촉촉한 단비 같은.

야근해역

#사무실_날씨 #전국우주먼지_보통 #왜_벗어나질_못하니

지옥여행 패키지 특가 판매

저승에 가지 않고 이승에서도 지옥을 체험할 수 있는
7종 지옥 패키지 상품을 소개합니다.

입사하자마자 '과로지옥'
평일이고 주말이고 구분 없는 '메신저지옥'
잘 모르는 사이인데도 막 대하고 괄시하는 '갑질지옥'
어릴 때 엄마 이후로 이런 잔소리는 처음이야 '꼰대지옥'
마지못해 진탕 마셔도 다음 날 업무엔 지장 없어야 하는 '회식지옥'
저녁이 있는 삶은 상상 속에서만 그려볼 수 있는 '야근지옥'

아, 한 곳은 체험 불가입니다.
모든 일에 최선을 다하는 당신에게 '나태지옥'은 어울리지 않네요.

입사만 하면 모든 일정은 무료!
아니, 도리어 매달 돈을 드립니다.

어때요? 솔깃하죠?

회사 7대 지옥

과로지옥, 메신저지옥, 갑질지옥, 꼰대지옥,
회식지옥, 야근지옥 전부 당첨!

어쩌냐
나태지옥 빼곤
다 당첨이다!
이승이랑
별 차이
없네요ㅋ

#산전수전_공중전_겪은_몸이라_이_정도는_익숙해요 #별반_차이_없네

말이
씨가 된다

별 생각 없이
"저 사람 좀 별로지 않아?"
하나를 심었다.

구설수라는 물을 주고
재미로 조미료라는 비료도 뿌렸더니
뒷담화라는 꽃을 피웠다.

그리고 결국,
만개한 뒷담화는 시간이 지나
후회라는 열매를 맺었다.

뒷담화花 만개

방실장 뒷담화
10,000개
쑥덕
쑥덕
쑥덕
쑥덕
실장님,
뒤에 꽃이
만개했네요!
내가
꽃중년이라
그래

#혼자만_주인공으로_사는_삶 #분량_욕심쟁이
#내_삶의_신스틸러 #물론_나와는_악연

모든 순간이
스포츠다

계단에서 굴렀다.
마음보다 몸이 먼저 나간 탓이다.
덕분에 계단 위에서 본의 아니게
온몸으로 화려한 드리블을 구사했다.
심판이 있었다면 깃발을 들고 오프사이드를 외칠 것 같았다.

여기저기서 들려오는 소리.

"아이구 어떡해!"
"괜찮아요?"

"네… 그냥 지나가주세요."

자려고 누웠다가 생각나서 이불킥.
자다가 일어났는데 생각나서 이불킥.

몸개그로는 국가대표 못지않다.

자다가 이불킥

다들
퇴근했지?
힛!
화생방
훈련인가?
뿡~
뿡~
뿡~

#이불킥은_방심에서_나온다 #쪽팔려도_출근
#제발_잊어주세요 #인체의_생화학

직무유기

회사에도 비전이란 게 있고
직원에게도 자기계발이란 게 있다.
회사도, 직원도 끊임없이 성장해야 한다는 뜻.

그런데 왜 때문에
직급도 오르고 물가도 오르는데
내 월급은 항상 제자리인 걸까.

그런 의미에서 내 월급에게
직무유기를 선언하고 싶다.

만년 꼴찌

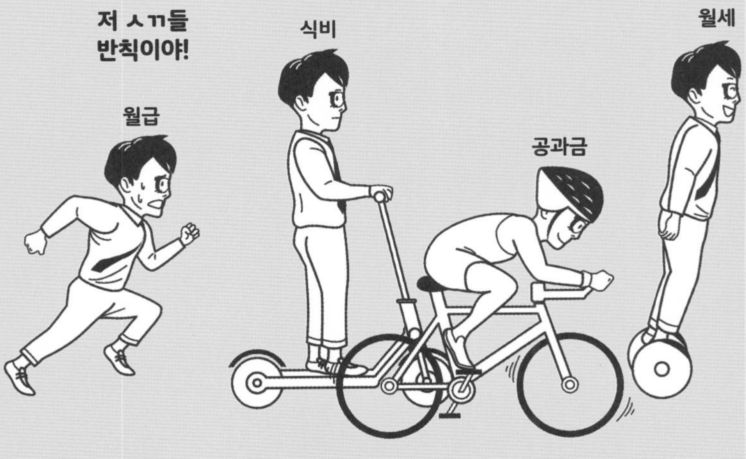

저 ㅅㄲ들
반칙이야!
월급
식비
공과금
월세

#왜_내_월급만_성장이_멈춘_건가요 #반칙왕
#심판_어디_갔냐 #인생은_템빨

이비인후과 약을 먹는 인어공주

왕자님에게 반한 게 아니에요.
그래서 다시 만나고 싶은 사람도 없어요.
그러니까 다리를 얻기 위해
무서운 마녀를 만날 필요도 없죠.
목소리를 잃을 이유는 더욱 없고요.

그런데,

아……! 아……!
전 인어공주도 아닌데
왜 목소리가
안 나오는
거죠?

억울한 주말

감기는 왜
꼭 주말에만
걸리는 걸까
평일에 걸리면
일이라도 쉬지…

#목소리가_아파서_안_나오는_건지_억울해서_안_나오는_건지
#인어공주_빙의 #거품처럼_사라진_주말

떠나요, 둘이서
업무의 바다로

얼굴 탈까 봐 걱정되는 뜨거운 햇빛보다
매일 보는 사무실 불빛이 좋다.

워터파크의 파도보다
퇴근 후 술집에서 타는 파도가 좋다.

모래사장 위 선베드보다
내 몸에 꼭 맞는 사무실의 푹신한 소파가 좋다.

**이렇게 빠르게 포기하고
현실에 적응하는 내가 좋다.**

올해 피서지는 우리 사무실

특급 호텔
안 부럽다!
에어컨 빵빵하지!
와이파이 빵빵하지!
차도 안 막히지!
얼마나 좋게요?

#나는_절대_부럽지_않다!
#회사_밖은_위험해 #휴가_탕진_노잼 #집_나가면_개고생

나부터 챙기는
작은 잽 04

집밥보다 결혼식 뷔페가 더 익숙한 '미팅장'의

직장인 축의금 알고리즘

결혼식, 돌잔치… 딱 잘라 거절하기도 그렇고,
가자니 나한테 해준 게 뭐 있나 싶은 마음이 든다면?
이럴 땐 이 금액! 정교한 알고리즘을 통해 축의금 비용을 정해보자.

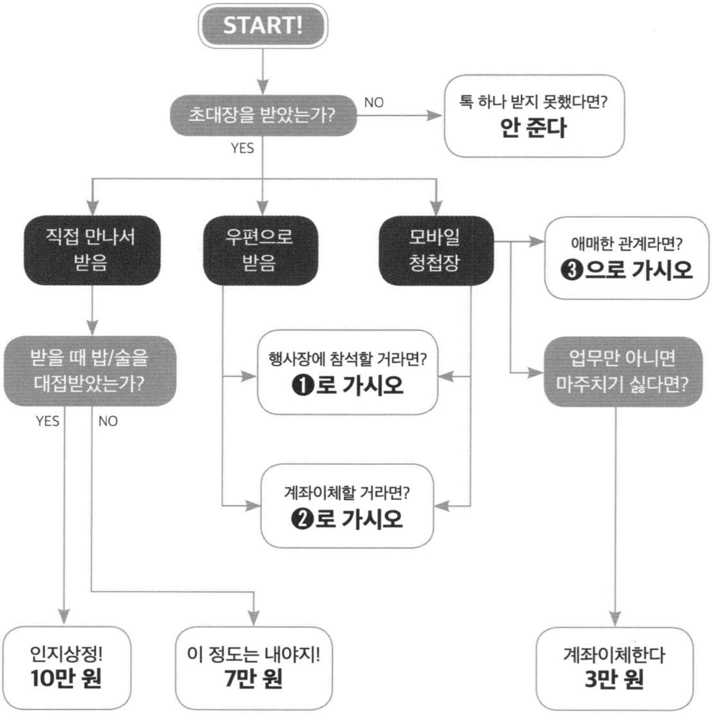

START!
초대장을 받았는가?
NO
톡 하나 받지 못했다면?
안 준다
YES
직접 만나서 받음
우편으로 받음
모바일 청첩장
애매한 관계라면?
❸으로 가시오
받을 때 밥/술을 대접받았는가?
행사장에 참석할 거라면?
❶로 가시오
업무만 아니면 마주치기 싫다면?
YES
NO
계좌이체할 거라면?
❷로 가시오
인지상정!
10만 원
이 정도는 내야지!
7만 원
계좌이체한다
3만 원

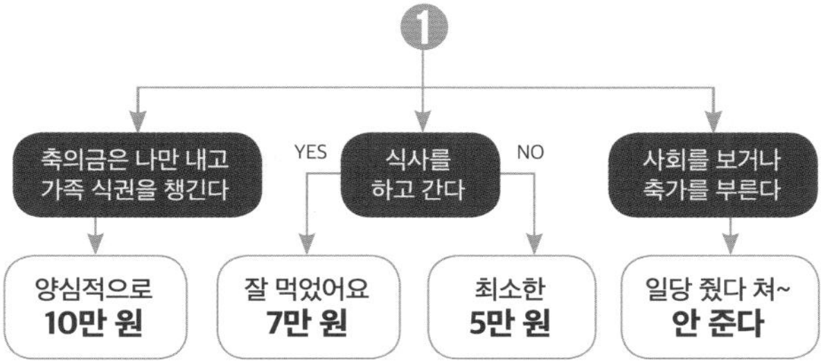
1
축의금은 나만 내고 가족 식권을 챙긴다
YES
식사를 하고 간다
NO
사회를 보거나 축가를 부른다
양심적으로 10만 원
잘 먹었어요 7만 원
최소한 5만 원
일당 줬다 쳐~ 안 준다

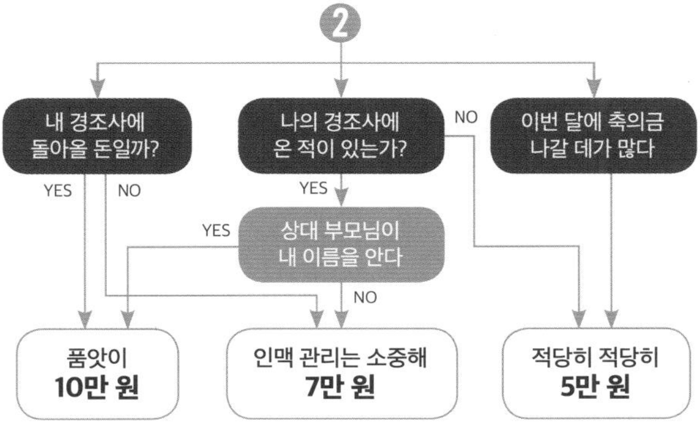
2
내 경조사에 돌아올 돈일까?
YES
NO
나의 경조사에 온 적이 있는가?
NO
YES
이번 달에 축의금 나갈 데가 많다
YES
상대 부모님이 내 이름을 안다
NO
품앗이 10만 원
인맥 관리는 소중해 7만 원
적당히 적당히 5만 원

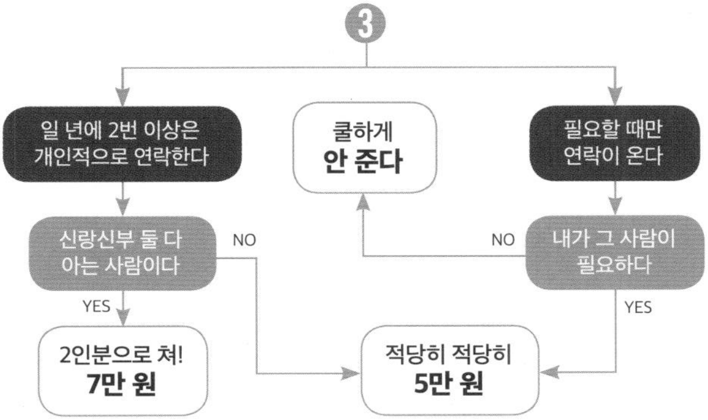
3
일 년에 2번 이상은 개인적으로 연락한다
쿨하게 안 준다
필요할 때만 연락이 온다
신랑신부 둘 다 아는 사람이다
NO
NO
내가 그 사람이 필요하다
YES
YES
2인분으로 쳐! 7만 원
적당히 적당히 5만 원

나부터 챙기는
작은 잽 05

특급 인맥왕 '주차장'이 알려주는

인간관계의 기술

회사에서 일만 잘하면 장땡이라고?
사실 행복한 직장생활은 인간관계로부터 시작한다.
현명하고 슬기로운 인간관계 팁을 알아보자.

험담을 하지 말 것

"뒷담화, 하는 만큼 돌아온다!"

누군가와 친해지기 위해 동료나 상사를 험담하는 것은 무조건 피하라. 험담하는 동안은 서로의 관계를 끈끈하게 해주는 것 같지만, 결국엔 다 부메랑이 되어 나에게 돌아온다. 회사에 소문이 도는 속도는 LTE보다 빠르다는 것을 명심하자.

험담에는
딴청이 진리!

먼저 다가갈 것

"먼저 마음을 여는 게 결국엔 이득이다!"

처음엔 조금 어려워도 먼저 다가가자. 사람은 누구나 자신에게 관심을 갖고, 호감을 표하는 사람에게 끌리기 마련이다.
또한 작은 것이라도 도움을 줄 수 있는 부분이 있다면 먼저 손을 내밀어보자. 지금 베푸는 호의와 친절은 결국 나에게 돌아온다.

그거 내가
도와줄게
도움이
될까...

든든한 지원군을 만들 것

"잘 만난 동료 한 명, 열 친구 안 부럽다!"

내 마음을 터놓고 이야기할 수 있는 든든한 지원군 한 명쯤은 꼭 만들자. 비슷한 시기에 입사한 동료도 좋고, 먼저 입사한 선배도 좋다. 힘들고 어려운 점을 터놓고 이야기할 수 있는 사람이 있다는 것만으로도 고된 회사 생활에 큰 위안이 될 것이다.

역시
든든하군!
배가요?

귀를 쫑긋 세울 것

"인간관계는 듣는 게 시작이다!"

상대방의 말을 잘 들어주고 공감해주는 것은 관계의 시작이자 기본이다. 누구나 자신의 말에 호응해주고 잘 들어주는 사람에게 호감을 갖는 법이다. 상대에게 아이컨택과 적당한 리액션을 통해서 경청하고 있다는 시그널을 보내자.

오~ 그렇구나!

적당히 무시할 것

"인간관계에도 기준선이 있다!"

내 의지와 노력으로 인관관계를 원하는 방향으로 끌고 나갈 수도 있지만, 그렇지 않은 경우도 있다. 아무리 노력해도 끊임없이 나를 괴롭게 하거나 힘들게 하는 사람이 있다면, 내 마음 안에 기준선을 긋고 적당히 무시하자.

안 들린다
에베베베베베베~

나부터 챙기는
작은 잽 06

능구렁이 '나대리'가 알려주는 너 좋고 나 좋은

생존 아부법

때에 맞는 적당한 유머와 아부는 직장생활을 부드럽게 만든다.
융통성 있고 지혜로운 직장인이 되고 싶다면 꼭 알아두자.
단, 일보다 아부 먼저 하라는 뜻은 아니니 주의하자.

초급 아부러

옷걸이가
좋으셔서
뭘 입으셔도…

"오늘 스타일 좋으신데요?"

남녀노소를 막론하고 누구나 듣기 좋은 말이다. 친하지 않더라도 가볍게 건네기 좋은 멘트인 만큼 부담없이 사용해보자.

왜 이렇게
마르셨어요?

"요즘 살 좀 빠지신 것 같아요."

다이어트 중인 상사 저격성 멘트다. 상대가 아니라고 했을 때, 당황하지 않고 "진짜예요", "맞는데"라고 끝까지 우기는 게 포인트.

POINT 초급 아부러가 흔히 하는 실수들은 대개 관찰력이 부족해 벌어진다. 가령 몇 년 동안 입은 옷인데 새로 산 옷이 잘 어울린다고 칭찬하는 경우이다. 아부는 상대에 대한 작은 관심에서 시작한다는 걸 명심하자!

중급 아부러

냠냠
제가
배부른 걸
어찌 아시고
참~

"팀장님은 정말 배려심이 깊으신 것 같아요."

자고로 상사의 약점에 반대되는 자질을 칭찬하라 했다. 마음에 없는 말일지라도 눈 딱 감고 상사에게 말해보자.

암요~
암요~

"맞습니다! 좋습니다!"

어느 정도 아부의 경지에 올랐다면 이제는 리액션봇에 도전해보자. 상사의 말에는 무조건 긍정, 긍정, 긍정!

고급 아부러

10년은
젊어
보이세요
그래?
나 사진 한 장
찍어주게

"한 10년은 젊어 보이세요!"

너무 과장된 말 같지만 50대 이상의 상사에겐 특효다. 의상에 신경 쓰고 온 날이나 중요한 날에는 필수 멘트이니 기억해두자.

차장님이
잘 가르쳐준
덕분이죠

"다~ 부장님 덕분이죠."

내 성과로 받는 칭찬도, 회사가 잘 굴러가는 것도 모두 상사의 공으로 돌린다. 영혼은 잠시 숨겨놓고 따라해보자.

PART 03

어차피 다닐 거면 구겨진 멘탈을 폅시다

어쩌라고 정신

일도 결국 행복하게 살기 위한 수단에 불과한데
우리는 일에 너무 집착하고 있는 게 아닐까?

일에 너무 목숨 걸지 말자.
일희일비하지 말자.
때로는 조금 내려놓고 미뤄두자.

그런 의미에서
하루에도 수십 번 이를 악무는 그대들에게
한 번쯤 이렇게 외쳐보라고 말하고 싶다.

"어쩌라고!
알 게 뭐야!
어떻게든 되겠지!"

일일이 빡치다가
일찍 가요

야!!!
이게 어떻게 된 거야!
왜 또
지랄이죠?
산은 산이고
물은 물인 것을

#이래도_저래도_그러려니 #화내면_나만_손해
#고혈압_주의 #릴렉스

되는 대로 삽시다

꼭두각시로 살 게 아니라면
우리 되는 대로 삽시다.

이러나저러나 일은 많고,
사방은 적이고,
그들은 '답정너'이고,
어차피 욕은 먹을 테니

·
·
·

결론은 개썅마이웨이입니다.

어느 장단에 맞추라고

에라 모르겠다
개썅마이웨이
업무 휘몰이
장단~
자진 일거리
장단~

#잦은_일거리가_휘몰아친다
#엇박자 #헷갈리니_한_놈만_해

뭐부터
손봐줄까?

"이거 만드는데 뭐 그렇게 오래 걸렸어?
근데 내가 의도한 건 이게 아니잖아.
처음부터 다시 다 손봐야겠는데?"

시키는 대로 했을 뿐인데,
시시콜콜 딴지에
자기 일 떠맡겨놓고 하는 말이
개소리라니!

도와주려는 게 아니라면
그냥 좀 꺼져주시죠?

여차하면 제안서가 아니라,
차장님을 손봐드릴지도 모르니까요.

손 좀 봐야겠는데

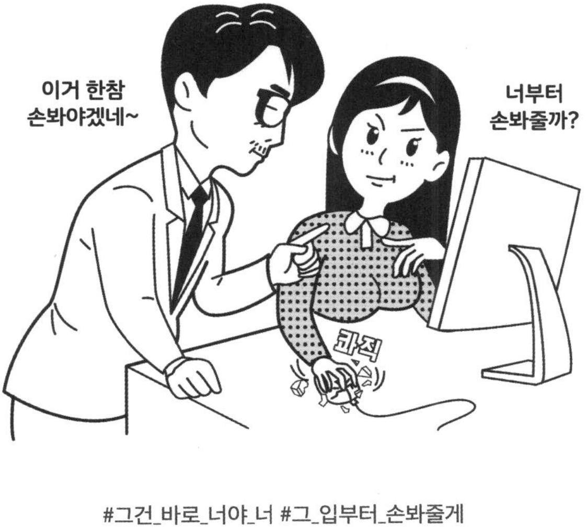

이거 한참
손봐야겠네~
너부터
손봐줄까?
콰직

#그건_바로_너야_너 #그_입부터_손봐줄게
#터진_입이라고

거짓말 같은 이야기

"교과서 중심으로 공부했어요."

- 모범생의 거짓말

"마지막으로 딱 한 마디만 하겠습니다."

- 교장 선생님의 거짓말

"그냥 친한 오빠 동생 사이예요."

- 연예인의 거짓말

"내 회사처럼 생각하면 다 좋아집니다."

- 사장님의 거짓말

내 회사라 생각하게

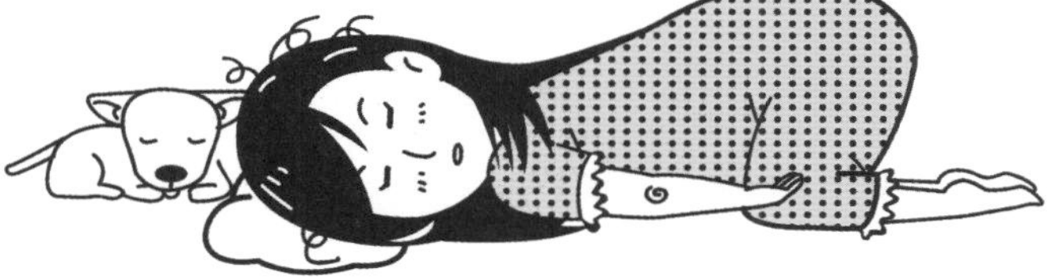
그럼 오늘 쉰다

#개편한_아기_자세 #일하기_싫어서가_아냐
#컨디션_조절_위해_무단결근

편파적
직장인

"이번 프로젝트는 대세에 맞게 디지털로 진행해야…"

"맞습니다. 부장님."

"아니지. 아날로그 감성을 담아야지!"

"역시 옳으십니다. 사장님."

"정사원, 자네는 도대체 부장이랑 나 둘 중에 누구 편인가?"

"그래. 정사원, 한번 말해봐!"

"전 배고픈 편이요. 치킨 시킬게요."

시킨 게 한둘이어야 말이죠

정사원 내가 시킨 거
어떻게 됐나?
?
치킨이요?
일을
시켰겠지!

#치킨보다_중요한_건_없으니까
#선치킨_후야근 #시킨_일은_어차피_많아서_뭔지_모름

띄어쓰기
주의

가족 같은 회사라고 하길래
근엄하신 아버지와
다정하신 어머니가 계신
분위기의 회사를 꿈꾸고 입사했다.

점심, 저녁 하루 두 끼나 같이 먹고
툭 하면 큰소리만 내는 아버지 같은 부장님에
귀에 딱지 앉도록 잔소리하는 어머니 같은 팀장님에
지가 하기 싫은 일은 다 떠넘기는 누나 같은 과장님에
말도 안 되는 심부름을 시키는 형 같은 대리님까지.

.
.
.

정말 가, 족 같은 회사였네.

가족 같은 회사입니다

정말 나 빼고
다 가족이었어…
입사를 환영해요!
아들
딸
사위
사장님
남편
사돈

#난_사돈의_팔촌도_안_됨 #아무것도_안_해도_그냥_소외감
#나만_이웃사촌 #불개미상회_다닐_때가_좋았어

사社생활

사무실 문을 나서도
영원한 퇴근은 아니겠지만,
집에 도착해서도
완전한 해방은 아니겠지만,
주말이 되어도
월요일은 또 오겠지만,
휴가가 시작돼도
결국 끝은 있겠지만,

그럼에도 불구하고 제가 21세기 춘향이도 아닌데
암행어사 이몽룡을 기다리는 것도 아닌데
사또가 춘향이 찾듯이
이렇게 밤마다 찾고 또 찾아대시면

.
.
.

수청은 모르겠고
숙청은 자신있습니다만.

메신저 감옥

오후 02:45
실짱나
실짱나
나대리 생각은 어때?
나대리
나
대
리
저 휴간데여
실짱나
어, 어떠냐구?

#현대판_옥살이 #24시간이_모자라 #내_생각을_말해주지 #X같아

좀
놀아보겠습니다

학창시절, 진짜 똑똑한 애들은 공부도 잘했지만,
그만큼 노는 것도 잘했다.
같이 노는 줄 알고 안심했는데,
막상 성적표를 받는 날이면 엄청난 배신감이 몰려드는 거다.
분명 같이 놀았는데…
심지어 나는 놀면서도 공부 걱정을 했는데,
아무 생각 없이 노는 것 같던 네가 성적은 훨씬 좋다니!
가만 살펴보니 진짜 똑똑한 애들은
놀 땐 정말 제대로 놀고,
공부할 땐 또 무섭게 공부하는 거였다.
애매하게 놀고 애매하게 공부하는 나와는 다르게.

그런데, 직장생활도 별반 다르지 않다.
잘 노는 사람이 일도 잘하더라.
일과 삶을 분리하고 적당히 거리를 두는 사람,
퇴근 후엔 취미생활을 즐기고,
짬날 땐 틈틈이 휴가도 떠나는 사람이

얄미울 정도로 일도 잘하는 똑쟁이인 거다.

반면 뭘 그렇게 하는 거지? 싶을 만큼 시간을 보내는데도
정작 이렇다 할 결과가 없는 사람들이 있다.
모든 게 애매한 탓이다.
이런 사람들은 일도 애매하게 하고,
노는 것도 애매하게 논다.

한때 쉬면서도 일을 생각하고,
일하면서는 쉬려고 했던 적이 있다.
일과 삶의 경계가 무너진 탓이다.
퇴근하고 집으로 돌아와서도 늘 업무에 시달렸다.
분명 침대에 누워있는데도
어쩐지 책상 앞에 앉아있는 기분이랄까?

그렇다고 일의 진행 속도가 빨라지는 것도,
일이 제대로 해결되는 것도 아니었다.

시간은 시간대로 보내는데,
업무 효율성과 삶의 질은 점점 떨어질 뿐이었다.

제대로 쉬지 못하고 제때 놀지 못하면
이도 저도 아닌 삶을 살아가게 된다.
그러니 일할 땐 열심히 일하고,
놀 땐 제대로 놀아보자.

그런 의미에서 좀 놀아보겠습니다.
사실, 제가 노는 게 적성에도 맞고,
심지어 재능도 있는 것 같거든요.

노는 것도 재능이다

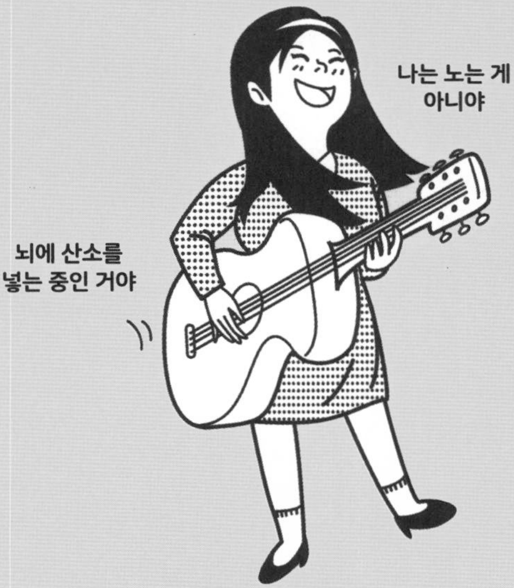

나는 노는 게
아니야
뇌에 산소를
넣는 중인 거야

#노는_게_제일_좋아_신입들_모여라
#자체_워라밸 #노는_게_힘

필요한 게
이게 아닐 텐데요

힘든 프로젝트를 끝낸 뒤엔
애썼다고, 수고했다고, 격려해준다고
꼭 회식을 시켜주는 대표님.

거기까진 좋은데
1차, 2차, 3차까지 달리는 건
우리를 위한 회식이 아닌 게 분명하다.

내가 소고기 먹자고 소처럼 일했던가….
이렇게 회식비 거하게 쓰실 거면
그냥 돈으로 주시면 안 될까요?

격려도 돈으로 현금화 부탁드립니다.

수고했으니, 맘껏 먹게

이 돈을 왜
회식에
쓰는 거죠?
하하하
그러게
돈으로 주지

#나도_몰라 #그냥_먹어 #이_돈이면_한_달_월세
#억지로_좋고_지랄로_즐겁다 #탕진잼 #뱃살만_쌓이네

패기를 보여주마

요즘 것들은 언제나 건방지다.
요즘 것들은 언제나 오만하다.
요즘 것들은 언제나 영악하다.

언제나 그래왔다.

'요즘 것들'을 말하는 그들이
이전에 '요즘 것들'이었을 때도
그리고 그 이전에도.

이상하게 매번 '올여름'이 가장 덥고,
'올겨울'이 가장 추운 것처럼….

요즘 것들은 패기가 없어

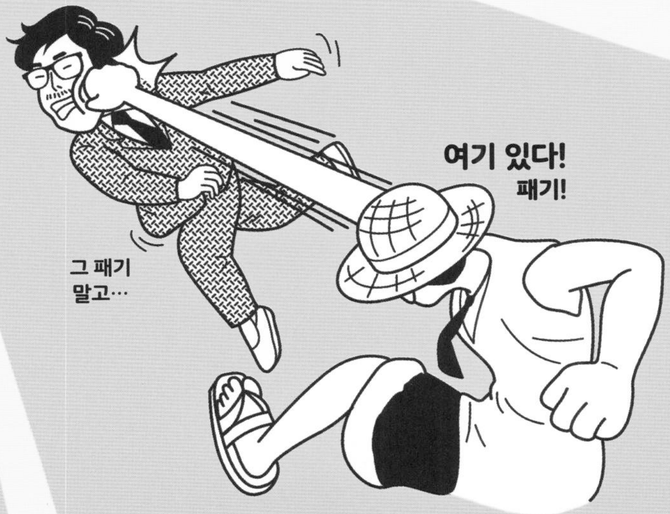
여기 있다!
패기!
그 패기
말고…

#요즘_것들의_패기 #알고_보니_신입이_해적왕!
#요런_패기는_어떠세요

말하는 꼬라지가
얄미운 미꾸라지

"왠지 아닌 것 같은데 그게 뭔지 모르겠네."
"내 말이 어려운가?"
"노력하면 다 되던데?"
"내가 그렇게 말했다고? 언제?"

요리조리 피하려고만 하고,
책임은 하나도 안 지고,
자기가 분위기 흐린 줄도 모르는 걸 보면
아마도 그는 전생에 미꾸라지였나 보다.

확 그냥,
추어탕으로 팔팔 끓여버릴까 보다.
들깨가루도 팍팍 뿌려야지!

업꾸라지

요리조리
잘도 피하시는데
요것도 피해보시죠!
난 책임이 없어
전달만 한… 컥!

#애매모호_아리까리한_미꾸라지_같은_실장님
#이것도_빠져나가_봐 #넥슬라이스

막막하다

막

막

막 말

막

막 장

막

위가 막

막

이걸 막 그냥! 확

막

스트레스는 속을 막 쓰리게 한다.

이럴 때 필요한 건 **고막 단절!**

고막 단절

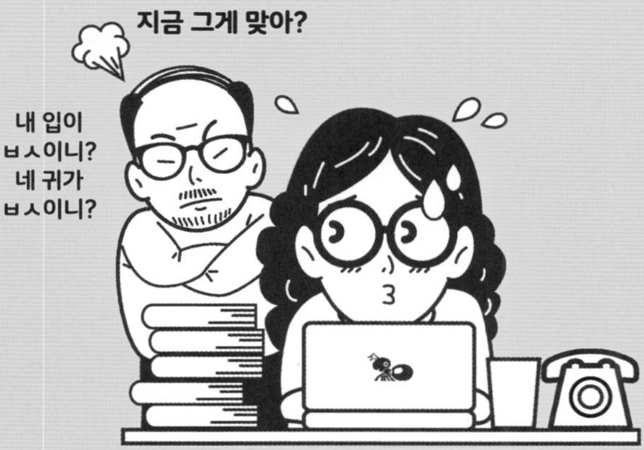
지금 그게 맞아?
내 입이
ㅂㅅ이니?
네 귀가
ㅂㅅ이니?

#맑고_깨끗한_멘탈을_위한_고막_필터링
#내_귀에_하이패스

그것이
알고 싶다

다같이
누누이
상세히
회의에 참석하고도
아무것도 모르는
너 때문에 드는 회의감.

이거 몰라!
저거 몰라!
나 몰라라!

쇠귀에 경 읽기가 더 쉬우려나?
언제나 한결같이 '늘알못'인 너와 너의 뇌!

그것이 알고 싶다.

늘알못
(늘. 알지. 못함)

왜 같이 들었는데
늘 너만 몰라!
몰라,
알 수가 없어

#뇌가_엄… 정화_됐나봐 #그런데_말입니다
#뇌와_귀는_정상이었습니다 #노답_문해력 #연구대상

끝나지 않는
그의 고민

"나 회사 접을까?"라고 말하며
매일 고민을 토로하는 친구가 있다.

처음 나에게 상담 요청을 했을 땐
진지하게 얘기를 들어주었지만,
이젠 내가 지친다.

친구야 접든지, 다니든지
네 마음대로 하렴.

다만, 회사가 아니라
네 고민을 좀 접어주겠니?

나 진짜 회사 접을 거야!

코딱지 친구들~
사랑하는 우리 회사를
접어보았어요^^
야, 때려쳐! 때려쳐!

#부추기지_마_너를_접을지도_몰라
#회사_접기 #생각_접기 #척추_접기 #접기의_달인

개는 죄가 없다

개짜증, 개싫어, 개무시.
하루 종일 입에 '개'가 붙은 날이 있다.
이런 날, 개는 분노의 접두사가 된다.
개가 무슨 죄라고….

그날도 그야말로 개 같은 날이었다.
어떤 일 때문이었는지는 정확히 기억도 나지 않지만,
아마 회사에서 이리 치이고 저리 치이며
종일 깨진 날이었을 것이다.

퇴근 후, 현관문을 열고 집에 들어서는 순간부터
별것 아닌 일에 신경이 곤두섰다.
청소가 안 되어있는 집을 보니 짜증부터 났고,
소파에서 예능 프로를 보며 깔깔대고 있는
가족의 모습에 괜히 부아가 치밀었다.
나에게 별 뜻 없이 건넨 말에도 대답은 좋게 나가지 않았다.

결국, 가족이 툭 던진 한 마디가 촉매제가 되어
애써 누르고 있던 감정들이 복합적으로 엉켜 폭발해버렸다.
"아, 도대체 뭔 상관이야!"를 시작으로
"제발 내 방에서 좀 나가"까지….
엄한 곳에 불똥이 튀고 있다는 걸 알면서도
화풀이는 쉽게 멈추지 않았다.
사정을 알 리 없는 가족은
"재가 왜 저래"라는 말만 되풀이하며
그저 어리둥절해할 뿐.

문제는 이런 일이 한두 번이 아니라는 거다.
개 같은 날은 살면서 늘 존재한다.
정신 못 차릴 만큼 쏟아지는 업무,
잘 진행되다 갑자기 엎어진 프로젝트,
꾸준한 클라이언트의 갑질,
또라이 상사로 인한 지속적인 감정 노동까지….

그런 날이면 어김없이 밖에서 있었던 일을
집까지 달고 들어와 화풀이를 하고 만다.
물론 그렇게 한바탕 지르고 나면
뒤늦게 반성과 후회의 쓰나미가 밀려온다.
가족은 내 감정을 함께 뒤집어써야 할 이유도
쓸데없이 불똥을 맞을 필요도 없다는 것을
누구보다 잘 알기 때문….

밖에서 달고 들어온 것들은
모두 탈탈 털어내자. 먼지도, 감정도.
개는 죄가 없는 것처럼 가족은 죄가 없다.

개 같은 요일

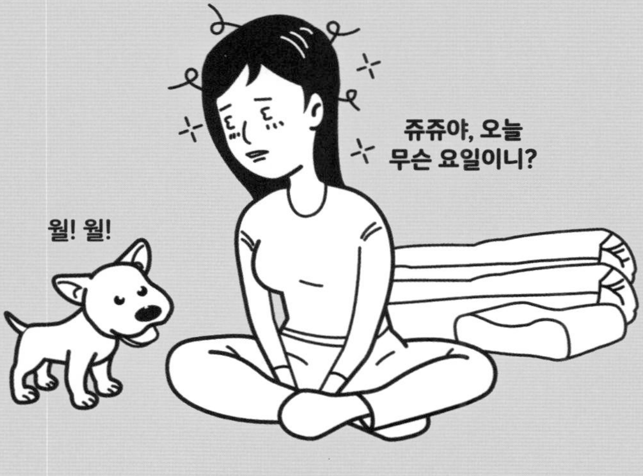
쥬쥬야, 오늘
무슨 요일이니?
월! 월!

#월월월월월월월 #놀랬잖아
#이_새끼는_맨날_월요일이래

I'm still hungry

열심히 준비 중이던 프로젝트에서 물먹고
난데없이 짜증난 상사한테 욕먹고
질투 많은 동료 때문에 골탕 먹고
이렇게 일하면서 계속 나이만 먹고

아, 그냥 놀고먹고 싶고.

야근이 밥 먹여준다

피자요~
만세! 야식이다!
삼십 분 전에
저녁 먹지 않았나?

#먹고_먹고_또_먹고_먹는_게_낙이다
#야식을_위해_일하는_자 #먹는_걸로_치유

만병통치약

"내 일도 좀 부탁해."
"대신 해줄 수 있지?"
지끈지끈한 상사병.

"내 말대로 해."
"내가 맞다니까."
속을 찌르는 듯한 고집불통.

"겨우 이것밖에 못해?"
"너 말고도 사람 많아."
온몸이 욱신대는 스트레스 감염.

이 모든 병의 치료법은?

.
.
.

퇴사입니다.

죽일 놈의 직업병

셀카 찍었는데
어떤 게 이뻐?
A안으로 가되 전체적인 톤은
B안 느낌으로 베리에이션해서
디벨롭하면 좀 사람 같겠네
5시 전까지
수정 가능?

#다_같은_사진_같지만 #미묘한_차이 #망할_직업병_같으니라고

일타령

일이 날아든다.
웬갖 업무가 날아든다.

일 중에는 집에도
가지 못하는 직장인….

일이 쏟아진다.
잡일이 또 쏟아진다.

빡새

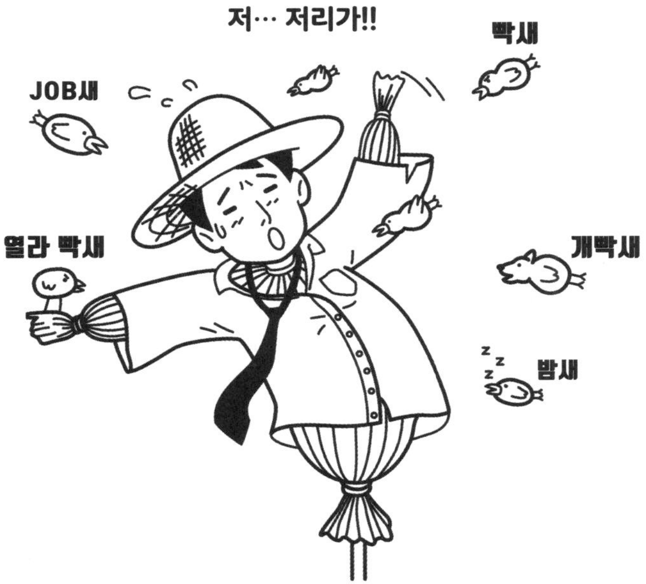
저… 저리가!!
빡새
JOB새
열라 빡새
개빡새
밤새
z z z

#새가_날아든다_웬갖_새가_날아든다
#엄마_나_새됐어

내가 꼰대라고 생각해?

머리숱이 줄어들어야 하는 줄 알았다.
배가 좀 나와야 하는 줄 알았다.
마흔은 넘어야 하는 줄 알았다.

그러나 좀 안다고 잘난 척하는 순간,
누구나 꼰대가 될 수 있다는 걸 알았다.

꼰대의 완성

내가 누군지 알아?
어딜 감히!
뭘 안다고!
내가 왕년에!
어떻게
나한테!
내가 그걸 왜?

#최종진화몹 #완전체 #대마왕
#꼰대의_육하원칙 #모든_걸_다_갖춘_사람 #꼰대

나이에게

반갑지도 않은데, 왜 매년 찾아오고 그래.
이제 그만 찾아와도 돼.
아니면 5년에 한 번씩 와도 괜찮아.
떡국이 무슨 죄라고 먹을 때마다
마음 불편하게 만들어.

가끔은 널 잊고 살고 싶은데
매년 같은 날이 되면 생일이라고 알려주네?

시간이 지날수록 너의 무게가 점점 늘어나.
그래서인지 어떤 사람은 너를 무기로 쓰기도 하더라.
네가 대단한 줄 아나 봐.
그래서 말인데…

네가 숫자에 불과하다는 말,
더 이상 믿지 않기로 했어.

너넨 안 늙을 거 같지?

실장님 더럽♥
신조어예요,
신조어~
어휴, 그것도
모르세요?
상사한테 더럽다니
그게 할 소리야?!

#사실은_더럽다는_이야기였다
#영악한_신조어_사용 #찔리니까_화냄

칼퇴근 승강장은 9와 3/4

"나대리, 절대 부장님의 이름을 불러선 안 돼."

나대리는 과장의 지시대로
혼자 업무를 해치워버리는데…,

"이 보고서 뭐야?!"

모든 사실을 알게 된 부장은 분노하고,
나대리는 칼퇴를 사수하기 위해 필사의 노력을 하는데…,

초특급 블록버스터
〈대리포터 앤 칼퇴근의 돌〉
2018년 대개봉!

"저… 퇴근… 좀…."
"입 닥쳐 나대리!"

칼퇴근이라니!
현실엔 없는
그런 마법 같은 얘길…
호구와트는
칼퇴근 마법을
금지하고 있단다!
칼퇴근하는 주문을
알려주세요!
대리포터와
칼퇴근의 돌
아… 또
막차 놓쳤네…
호구가
될 셈이야?
왜 그런 흑마법을
배우려고 하는 거지?

#이_세상에는_없는_마법을_찾아서 #칼퇴근은_역시_판타지
#새드엔딩 #투명망토라도_주면_안_되겠니

칼퇴라는 판타지

〈해리포터〉, 〈반지의 제왕〉, 〈나니아 연대기〉…
다들 최고의 판타지 영화라고 말하는데,
나는 어쩐지 끌리지 않는다.
물론 화려한 CG와 풍성한 볼거리들이
상상력을 자극하긴 하지만, 딱 거기까지다.
너무 허황된 이야기라 내 얘기 같지 않아서
마음에 와닿지 않는다는 게 이유라면 이유랄까?

판타지 영화를 별로 좋아하진 않지만,
내 삶의 판타지를 꿈꾸던 때가 있었다.
입사 후 누가 시키지 않았는데도
자연스레 '야근 요정'이 된 나는 '칼퇴'라는 판타지를 꿈꿨다.

늘어나는 업무에 매일같이 야근을 하던 때였다.
얼마나 야근을 많이 했는지
밤 11시에 퇴근하면 선배는 집에 무슨 일 있냐고 물었고,
밤 9시에 퇴근하면 조퇴하냐고 이야기할 정도였다.

그럼에도 불구하고 새벽 퇴근의 이점은 있었다.
누구보다 빠르게, 남들과는 다르게 집에 갈 수 있다는 것.
인적이 드문 도로 위에서 택시 기사님들은 F1 레이서가 되었다.
100km는 우스웠고, 130~140km쯤 밟으며
나를 집으로 데려다주었다.
이리 휘청 저리 휘청, 택시 속도에 따라 휩쓸리다
정신이 번쩍 든 게 한두 번이 아니었다.

언젠가 평범하게 대중교통을 타고
퇴근하고 싶다는 이야기를 하자 옆에 있던 동료는
"그러다가 아침에 퇴근한다"라는 무서운 말을 했고,
또 다른 동료는 밝을 때 퇴근하면
집에 가는 길을 못 찾는다는 웃픈 농담을 던졌다.
다들 어둠에 익숙해진 몸이었다.

그런 의미에서 많은 직장인들에게 칼퇴는
일종의 판타지 같은 것이 아닐까.

월화수목금 9시에 출근해서 6시에 퇴근이라니!

마치 2050년의 일 같은,
머릿속으로만 그릴 수 있는,
CG가 아니면 해결되지 않는,

.
.
.

그런 칼퇴의 판타지.

출퇴근 교통 혼잡
야근하면 탄탄대로

새벽에 퇴근하니
차가 하나도
안 막혀!
출퇴근 시간이
단축되네? 얏호!

#출퇴근_시간_단축잼 #뛰뛰빵빵 #쾌속질주

나는 지난 밤
너희들이 한 일을 알고 있다

어제와 똑같은 옷,
어색한 미소,
5분 간격 출근.

·
·
·

아닌 척하는 너희들도 피곤하지만,
모르는 척하는 우리들도 피곤하다.

모두 아는 비밀 연애

반차 쓰고
나왔어~
외근 간다고
하지 그랬어♥
외근 갔다
외박할
기세네!

#사내_비밀_커플
#다_티남 #깨지면_퇴사각

그럴 줄
알았다

평소에는 괜찮다가
이상하게 그 사람만 마주치면
속이 울렁울렁, 머리가 지끈지끈.
내 책상 위로, 사내 메신저로 일을 툭툭.

그제야 이유를 알았다.

나에게 업무가 몰리는 건 내가 귀여운 탓.
나에게 업무를 떠넘기는 건 그가 역귀여운 탓.

(※ '역귀여운'은 빠르게 읽어보세요.)

귀여운 탓

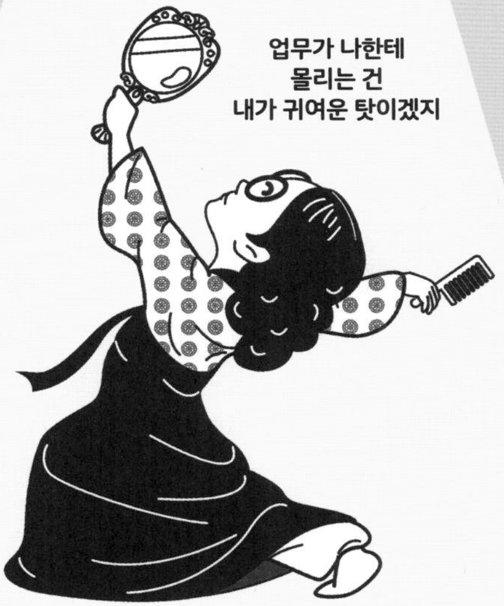
업무가 나한테
몰리는 건
내가 귀여운 탓이겠지

#귀요미_등장 #귀척 #귀인단명 #귀염비용

매일매일
갈라쇼

피겨에서 트리플 악셀은
고난이도 기술 중 하나라는데,

어쩌다 보니
야근, 철야, 주말 출근으로
피로의 트리플 악셀을 이미 달성했네.

이쯤 되면 나도 사무실의 피겨 여왕!

어쩌다 피겨스케이팅

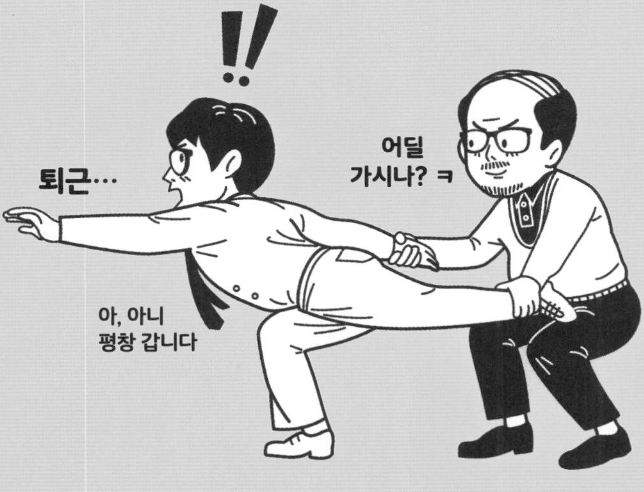
!!
퇴근…
어딜
가시나? ㅋ
아, 아니
평창 갑니다

#렛잇고_렛츠고
#6시만_되면_스파이럴_자세

신. 세. 개.

직장생활 5년 차.
밤마다 나는 신이 된다.

PPT 머신.

자세 등신.

사무실 귀신.

대표님, 호강은 시켜드릴게

야근하기
딱~ 좋은 날씨네
어이~ 거기
누구 커피 한 잔
줘봐

#직장생활의_신_세_개 #야근의_신세계 #대표님_사랑해요

있어빌리티

내용은 별거 없어도
최대한 있어 보이게.

덧칠하고 덧칠하여
화려하고 화려하게.

내용은 뒷전,
눈길을 사로잡는 게 목표죠.

빈티 감추기

어때요?
PPT 참 쉽죠?
저 따위로
하다니…
정신 차리게
PT체조 시켜!

#내용보다_신경_쓴_디자인 #효과음_남발 #애니메이션_남발
#눈뽕_시전 #해맑은_보노보노_등장

뇌는 잠시 꺼두셔도 좋습니다

똑딱똑딱.
짜깍짜깍.

시계는 계속 돌고 돈다.
하루 종일 일한다.

가끔은 배터리를 뽑자.
태엽을 풀자.

때로는
시계에게도
휴식이 필요하다.

당신도 가끔은
궤도를 벗어난 시계처럼
뜻밖의 휴식이 필요하다.

너도 쉬고 싶구나

5분 뒤에 회의 시작인데
복사기가 고장 났네?
왜 내게만 이런 일이…

#복합기에도_번아웃이_왔다 #네가_이러면_나도_아웃
#사이좋게_퇴사 #소처럼_일해도_밤에_잠은_잘_텐데

나부터 챙기는
작은 잽 07

365일 다이어터 '무대표'가 알려주는

이럴 땐 이 음식

먹지 않은 자, 일도 하지 말라! 잘 먹어야 일도 잘한다.
뭐가 먹고 싶은데 그게 뭐인지는 모르겠는,
매일 '오늘 뭐 먹지?'를 고민하는 직장인들은 주목하자.

비 올 때 생각나는 군침 도는 음식

- **전류** 김치전, 해물파전, 빈대떡 + 막걸리
- **면·탕류** 짬뽕, 칼국수, 해물탕, 매운탕 + 소주
- **구이류** 삼겹살, 곱창, 조개구이 + 맥주 or 소주

저기압일 땐, 고기 앞으로

- **부위별** 삼겹살, 갈매기살, 목살, 항정살, 갈비, 뒷고기, 등심, 안심, 막창, 곱창
- **테마별** 삼겹살/소고기 무한 리필집, 꼬치집, 스테이크, 직화/훈제 바베큐

위장으로 떠나는 세계여행

- **태국 음식** 쌀국수, 볶음국수, 새우고로케
- **일본 음식** 우동, 초밥, 메밀/야키소바, 차슈덮밥, 오코노미야키, 돈코츠라멘, 타코야키, 나베
- **중국 음식** 훠궈, 마라탕, 유린기, 포두부, 유산슬, 꿔바로우, 양꼬치, 딤섬

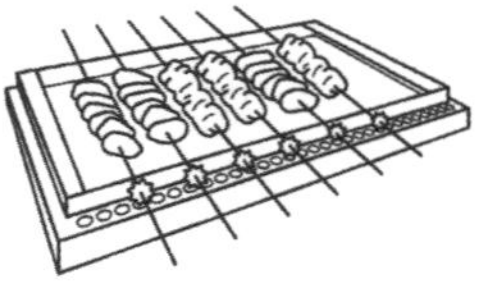

역시 한국인은 밥심

- 백반, 제육덮밥, 오징어덮밥, 회덮밥, 카레덮밥, 소고기덮밥, 마파두부덮밥, 쌈밥, 뚝배기불고기

야근엔 야식이지

- **배달 음식** 치킨, 피자, 보쌈, 족발, 짜장면, 깐풍기
- **분식** 떡볶이, 라볶이, 순대, 튀김, 닭강정, 어묵, 김밥, 라면, 만두, 계란말이, 빵, 아이스크림

나부터 챙기는
작은 잽 08

메뉴 선택권이 별로 없는 막내 '정사원'이 애정하는

메뉴 고르기 사다리

서로가 원하는 점심 메뉴가 다른 위기 상황이라면?
계급장 떼고 정정당당히 '메뉴 고르기 사다리'를 이용해보자.

사용법

❶ 하단 회색 빈칸에 각자 먹고 싶은 메뉴를 적는다.
❷ 도착지를 쉽게 알 수 없게 사다리 가로줄을 그려 넣는다.
❸ 가위바위보를 하고 이긴 사람이 출발선을 골라 사다리를 탄다.
❹ 메뉴가 결정되면 군말 없이 무조건 맛있게 먹는다.

* 이 페이지를 여러 장 복사해서 사용하세요.

나부터 챙기는
작은 잽 09

실수 끝판왕 '백과장'이 알려주는

업무 실수 대처법

직장인이기 전에 사람이기에 누구나 실수를 한다.
그래도 잠깐의 실수로 밉보이는 건 결국 내 손해!
실수의 늪에 빠지지 말고 현명하게 대처하는 법을 알아보자.

죄송합니다!

1. 잘못은 빠르게 인정한다

사과는 빠르면 빠를수록 좋다. 자신의 실수가 다른 사람을 통해 보고될 경우 상황은 더욱 악화되니 유의할 것.

과장의
이름으로 널!
용서하지
않겠어!

2. 감정적으로 반응하지 않는다

자신의 실수를 감정적으로만 반응한다면, 짧게 끝날 단순한 일도 크게 키울 수 있으니 기억하자.

이게 다
나대리님
때문입니다!

3. 남의 탓으로 돌리지 않는다

모든 책임을 남에게 전가하는 건 무책임한 사람으로 보일 뿐만 아니라, 직장 내 관계에도 전혀 도움이 되지 않는다.

아니,
그게 아니라~

4. 변명하지 않는다

상황을 모면하기 위해 어설프게 항의하고 변명하는 것은 상사의 화만 돋울 뿐 도움이 되지 않는다.

쿨쿨
얘기하세요
듣고 있어요

몇 번째야!

5. 적절한 리액션을 한다

부하 직원의 업무 실수에 가장 답답할 때가 바로 '무반응'일 때이다. 피드백을 제대로 이해하고 있다고 적절한 리액션을 하자.

6. 실수를 반복하지 않는다

같은 실수를 반복한다면 '아무리 말해도 바뀌지 않는 사람'으로 낙인찍힐 수 있으니 명심하자.

방법이
있습니다!

나대리님이라면
할 수 있어요

7. 적절한 대안을 제시한다

무작정 죄송한다는 말 대신 어떤 점에서 실수가 있었으며, 이 문제를 해결할 수 있는 대안이 무엇인지 제시한다.

8. 조언이나 도움을 청하라

아무리 생각해도 대안이나 해결책을 찾기 어렵다면, 시간을 더 지체하지 말고 동료나 상사에게 도움을 청하자.

내가 아닌 타인이 실수를 했을 경우

누구든 언제나 실수를 할 수 있다. 그러니 실수에 대해서는 정확히 짚어주되, 타인의 실수를 무조건 비난하는 듯한 대응은 최대한 삼가자.

나부터 챙기는
작은 잽 10

실무 · 업무 · 잡무 모든 것에 베테랑인 '방실장'의

똑똑한 이메일 작성법

일 잘하는 사람은 이메일부터 다르다.
이메일 하나만 잘 써도 업무 속도가 빨라진다.
똑똑하게 이메일 쓰는 법을 익혀 프로일잘러가 돼보자.

1. 이메일 주소는 직관적으로 만들 것

이니셜이나 이름 등으로 이메일 주소를 만들되, 생년월일은 사용하지 않는다. 업무적으로 만나는 사이에 나이나 생일 같은 개인정보는 굳이 공개하지 않는 편이 좋다.

직관적인 메일 주소 예시 : 박대기 기자 waiting@kbs.co.kr

2. 제목에 핵심 내용을 담을 것

메일 제목만으로도 내용을 알 수 있게 핵심적인 키워드를 넣는다. 이는 나중에 메일함에 쌓인 메일들 중 어떤 업무와 관련된 것인지 검색해볼 때도 유용하다.

이메일 제목 예시 : [불개미상회] 한 컷 툰 제작 의뢰 견적서

3. 내용은 짧고 명확할 것

되도록 간결하고 명확한 이야기만 작성한다. 일정이나 미팅 장소 안내 등 중요 내용들은 컬러와 글자 포인트에 효과를 줘 눈에 더 잘 띄도록 구분해주는 것도 좋다.

4. 연락처 정보를 담은 서명을 넣을 것

연락처와 이름, 직책이 적혀있지 않은 메일을 받으면 직접 통화해야 할 일이 생겼을 때 몹시 불편하다. 회사명, 이름, 소속, 직책, 직통번호를 함께 써주는 센스를 발휘해보자. 매번 적기가 불편하다면 이메일의 '전자서명' 기능을 이용해보자.

이젠 답변을
바로바로 해줘야 할 거야
이 게으름뱅이야~
상사 메일을
참조!

5. 받는 사람 / 참조 / 숨은 참조 활용할 것

- **받는 사람** 업무의 책임자
- **참조** 업무의 책임자는 아니지만, 진행 내용을 알고 있어야 하는 사람
- **숨은 참조** 받는 사람에게는 보이지 않는 참조(대체로 거래처에 보내는 메일을 상사도 봐주었으면 할 때 사용)

6. 여러 개의 파일은 압축해서 보낼 것

수십 개의 파일을 압축하지 않고 개별로 보내면, 일일이 저장해야 하는 경우가 있다. '첨부 파일 모두 저장' 기능이 있기는 하지만, 대용량 파일의 경우엔 지원하지 않는 곳도 있다. 상대방에게 귀찮은 일거리를 만들어주지 말고 꼭 압축해서 보내자.

7. 피드백을 빨리할 것

답변을 빨리 보낼 수 있는 건 신속히 처리하되, 지금 당장 답을 주기 어려운 문제에는 언제쯤 답변을 주겠다고 메일을 보내자. 상대의 업무에 차질이 생기지 않도록 예방할 수 있다.

PART 04

어차피 다닐 거면 나부터 챙깁시다

눈치게임
시이-작!

6시가 되면 두근두근.
모두가 한마음 한뜻으로 퇴근을 기다린다.

퇴근에는 요령이 있다.
그건 바로 눈치게임을 잘해야 한다는 것이다.
퇴근의 눈치게임은
눈치 빠른 사람이 이기는 것이 아니다.
다 같이 힘을 모아
눈치 없는 상사를 퇴근시키는 것이 포인트!

힘차게 일어나 시계를 가리키며
기지개를 켜보자.

눈치게임 시작이다.

사무실 눈치게임

정사원
왜 일어났어?
설마
퇴근하려고?
아~ 기지개 켰어요

#근데_다들_안_가시나요
#모든_감각이_가장_예민하게_살아나는_시간
#퇴근시간 #눈치_보기 #내_상사는_언제_가나

베스트 포즈상

상사가 무거운 짐을 들고 지나갈 땐
이 자세를 취한다.

사무실 간식 사올 사람을 정할 때도
이 자세를 취한다.

회사 체육대회 줄다리기 선수를 찾을 때도
이 자세를 취한다.

저녁 6시가 되면?
자세를 풀고 당당히 퇴근한다.

밉상이면 어때?
내가 편하잖아!

척추 5번, 6번 나간 것 같은 자세 취하기

힘든 일이 있으면
이 자세를 취하자
무릎 위에
손을 두면
완벽하다
앞으로
나와있는
무릎에
여유를 준다

#표정_연기는_덤 #뼛속까지_사무직
#업무는_쪼렙_요령은_만렙

다 함께
차차차

텁텁한 맛의 녹차는 싫지만,
연차는 좋아해요.

면허가 없어 자동차는 없지만,
반차는 필요해요.

재차 말씀드리지만,
연차, 반차 사랑해요.

연차 쓰면 뭐 하겠어

차도 없고
돈도 없고
여친도 없잖아?
차장님은
배려도 없으시니
4가지가
없는 거네요?

#제_연차_반차를_방해하지_말아주세요
#회사를_벗어나면_가슴이_벅차 #그치만_이걸론_성에_안차

모두모두 안녕하세요

퇴근 시간은 안 지켜주면서
출근 시간은 칼 같은 상사가 야속하지만,
마일리지 쌓듯 미운털을 적립할 순 없으니까….

미스코리아 대회라도 나온 것처럼
티 내지 말고, 인상 쓰지 말고, 찌푸리지 말고
인사라도 잘하자.
인사부터 해보자.

모두모두 안녕하세요!

인사를 잘하자

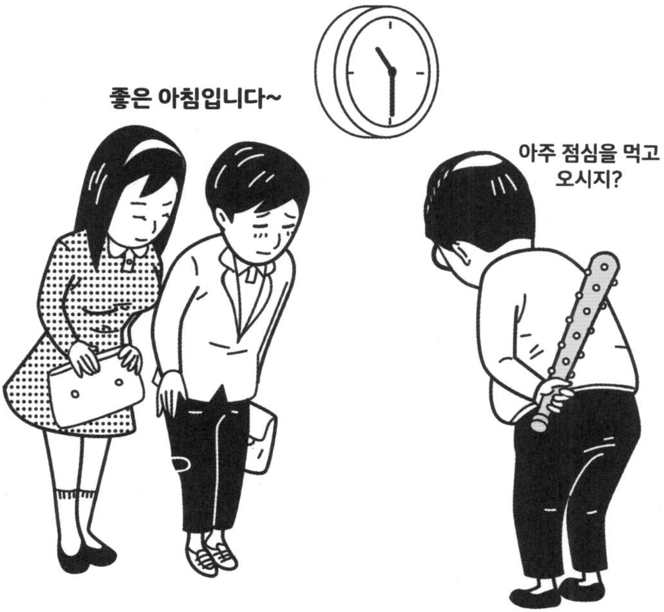
좋은 아침입니다~
아주 점심을 먹고
오시지?

#출근하니_점심 #미운털_적립
#그냥_절을_할까 #사실_나는_아점타입

명분 쌓기

세일해서

1+1이라고 해서

봄이라서

여름이라서

가을이라서

겨울이라서

스트레스 쌓여서

유행이라고 해서

남들 다 사니까 사고 싶어서

그냥 새로운 게 사고 싶어서

갑자기 돈이 쓰고 싶어서

.

.

.

핑계 없는 쇼핑 없다!

택배 산성

백과장!
이 택배 박스
다 뭐야?!
제 월급입니다
상기시키지 마요
가슴 아프니까…

#날이_좋아서_날이_좋지_않아서_쇼핑은_계속된다
#예쁜_쓰레기 #월급_탕진 #파티션이_따로_없네

초능력자

투명인간도 좋고,
축지법도 좋고,
염력도 좋고,
변신술도 좋지만,
무엇보다 내가 갖고 싶은 능력은

분신술.

내 일 좀 대신 해줄
내가 필요하다.

내 일은 내일 한다

부탁해!
요 녀석,
반사다!
오늘의 나
내일의 나

#내일_나에게도_할_일은_있어야_하니까 #업무_넘기기
#미리_못_해_안_해 #어차피_업무에_끝은_없다 #거부하지_말고_받거라

살다 보니
그래요

급속도로 노화가 진행되는지
자꾸만 깜빡깜빡하는 머리.

뱉는 개그마다 아재개그라며
사원들을 진저리 치게 하는 입.

언젠가부터 출렁출렁 흐물흐물
흘러내리는 똥배.

샌들에 양말을 신는 게
왜 이상한 건지도 모르는 패션 감각.

정신없고 치열하게 살아오느라
머리끝에서 발끝까지 돌보지 못한 나다.

"미안하다.
살다 보니 날 많이 사랑해주지 못했구나."

4노라면

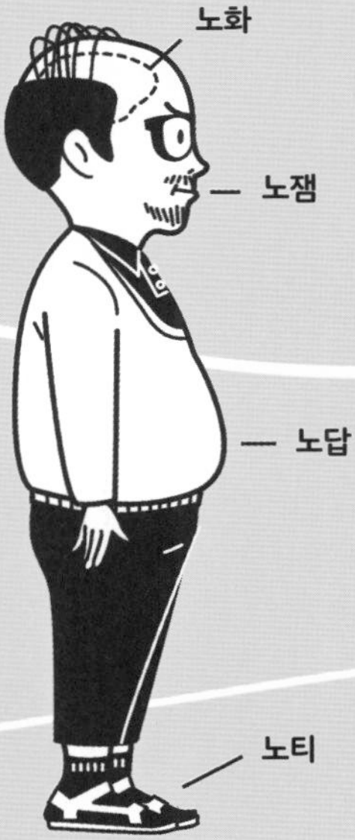

노화
노잼
노답
노티

#이런_나여도_괜찮아 #짠내_진동 #자기_연민
#니들도_늙어 #사노라면_언젠가는_너도

정말정말
괜찮아요

오늘 저녁에 약속이 있어서 시간을 비어놨는데
갑자기 회식을 하자고 하신다.
불금에 회식이라니….
어떻게든 빠져나가야 할 핑곗거리를 만들어야 한다.

하지만 빈틈없는 방실장!
오늘따라 나랑 자꾸 시선이 마주친다.
기분이 꽤 좋아 보이는 듯하다.
좋은 분위기에 먼저 집에 간다고 말하긴 힘들 것 같다.
그렇다면, 1차에서 무조건 방실장을 보내버리자!

방실장님, 우린 정말 괜찮아요. 너님만 없으면!
빨리 집에 가서 가족과 시간 보내세요. 제발요!

우리도 정말 괜찮아요

사모님 기다리실 텐데
어여 들어가셔야죠~
한 잔 더 안 하고?
난 괜찮은데…
TAXI

#님아_낄끼빠빠 #알_만한_분이_왜_이러실까
#법카님은_두고_가세요

업무와 회식의 경계

취해서 분위기 망치는 과장님과
눈치 보고 칼같이 도망가는 대리님에
이 와중에 대패삼겹살 추가하는 사원까지
톱니바퀴처럼 돌고 도는 회식은 정말

·

·

·

업무의 연장!

회식도 업무의 연장

오전 04:30
주차장
주차장
어제 회식 때
왜 중간에 갔냐?
제가 많이
취해서요…
주차장
회식도 업무의
연장이야!
연장으로 때려드릴까요?
전송

#집에_좀_보내주세요 #연장이_어디_있더라 #연장과_연장

컨디션 대신
견디셔

승진자들을 위한 회식 날이었다.
물론 누군가에겐 술을 마시기 위한 구실에 불과했겠지만….
축하는 아주 잠시, 삼삼오오 모여 술을 마시기 시작했다.
그야말로 술판이었다.
소주, 맥주, 사이다를 1:1:1 비율로 섞으면
암바사 맛이 난다고 하여 신나게 소주잔에 제조하는 중이었다.

그 테이블에는 막내가 있었다.
막내는 어쩐지 승진자들보다 더 신나 보였다.
한 번씩 그 테이블을 돌아봤을 때
홀짝홀짝 받아 마시는 막내의 모습이 보이더니
이내 점점 흥겨운 막내가 보였다.

문득 막내에게 주량을 물었던 기억이 났다.
주량이 어느 정도냐고 물었더니 모른다고 대답했었다.
무한대라서 모른다는 게 아니라,
주량을 따져볼 만큼 마셔본 적이 없어서 모른다는 거였다.

아뿔싸! 아니나 다를까.
1차가 끝나고 모두가 나온 자리에서
막내는 사람들을 헤집고 이내 어디론가 돌진했다.
그리고 소리쳤다.

"I hate you!!!"

응? 막내는 양쪽 손가락의 가운데를 펼치는 중이었다.
상대는 평소에 불만을 갖고 있던 상사 중 한 명이었다.
낮술에 취하면 부모도 못 알아본다지만,
암바사에 취해서 상사를 못 알아본다는 이야기는
들어본 적이 없었다.

상사에게 불만 없는 부하직원이 얼마나 있겠냐만은
적어도 이런 식의 돌격은 아니었다.
계속해서 "I hate you"와 "F*** you"를 외쳐대는
막내의 입을 틀어막고,

(심지어 유학파라거나 영어 전공자도 아니었는데
왜 자꾸 영어로 욕을 했는지는 아직도 미스터리다.)
위로 솟아오르는 막내의 손가락을 접어주느라
내가 다 술이 깰 지경이었다.

다음 날, 막내는 아무 일 없었다는 듯 멀쩡히 출근했다.
막내에게 전날의 상황을 이야기해주었더니
정말 자기가 왜 그랬는지 모르겠다며
사직서를 내고 싶다고 했다.

휴…, 네가 무슨 잘못이 있겠니.
술이 잘못이지.

최고의 복지

숙취해소 음료까지
챙겨주는 회사가 어딨냐!
복받은 줄
알아~
그냥 회식 때
술을 안 마시면
되잖아요

#술_주고_약_주고_병_주고_약_주는_이상한_복지
#숙취를_만드는_양아취
#오늘도_견디셔 #이런_회사_또_없습니다

교통정리가
필요해

57분 교통정보입니다.

평일 고속도로 외곽 나가는 길
금요일 부근의 정체는 풀렸지만,
오히려 주말 방향으로 피로 정체가 평소보다 심합니다.

월요일에서 금요일까지 업무의 꼬리물기가 계속된 덕분에
피로 회복에 시간이 오래 걸리는 건데요.

이어서 눈부터 턱까지 다크서클이 이어지고 있고,
손 떨림 또한 다소 심해지고 있습니다.
틈틈이 건강에 신경 쓰셔야겠습니다.

지금까지 '피로야 가라 제발 가라' 제공이었습니다.

업무 교통정리

이런 교통정리쯤이야!

너는 이거하고
너는 얘랑
이렇게 얘기해서
이렇게 하면 쉽잖아?

#우왕좌왕_갈팡질팡_우물쭈물거리지_말고_나를_따르라!
#나만_믿고_따라와

빡침 동화

옛날 옛적에 총체적 난국難國에 사는
사람들이 있었어요.

국기는 사춘기였어요.
시도 때도 없이 감정 기복에 휘둘렸죠.

국화는 뒷담화였어요.
매일 틈만 나면 여기저기서 활짝 피었죠.

공용어는 명령어였어요.
이래라저래라 하는 사람들이 넘쳐났답니다.

덕분에 이 나라 사람들은 하루에도
수십 번 빡치고, 또 빡쳐야만 했어요.

그럼에도 불구하고
이 나라는 망하지도 않고 잘 굴러갔어요.
참 희한하죠?

별별 인간들

#총체적_난국의_별별_인간들과_함께_살고_있어요
#노답_대잔치 #별천지 #별_그지_같은_게 #하늘로_꺼져줬으면

의미 없어
대리만족이야

“정사원이 이번에 쓴 보고서 참 맘에 들어.
아이디어도 참신하고 기획서도 제법 잘 쓴 거 같아.
그간 고생한 것이 느껴지네. 수고했어.

근데 말이야….
난 정말 만족하는데, 내가 뭐 결정권이 없으니.
그야말로 대리만족이지 뭐야. 하하하하.”

“하하하. 대리님, 어젠 대리운전도 하셨잖아요.”

“그만하자.”

대리만족

?
대리님
이번 기획서는
만족하세요?
난 만족스러워

#하지만_내가_만족하는_건_아무_의미_없어
#비결정권자의_만족 #아무_의미_없다

무개념
스멜

이상하다.
혹시, 믹스 커피 마시고 담배 피셨어요?

이상하다.
아니면 청국장 드셨어요?

이상하다.
그런데 왜 입에서 냄새가 나죠?

왜 입으로 방구를 끼세요?

말이야 방구야

주주임, 친구 중에
나 소개해줄
사람 없을까?
제 친구요?
차장님,
저랑 15살
차이 나잖아요

#그거_아세요? #분명_입인데_신기하게_똥구멍_냄새가_나요
#외면이_답이다 #무시가_답이다

오해하지 마세요

편의점 전문 털이범이 아닙니다.
꾀죄죄한 홈리스가 아닙니다.
영화 속 좀비가 아닙니다.

24시간 영업 중인 직장인이에요.
집에 못 가고 밤새 일했을 뿐입니다.

오해하지 마세요.
해치지 않아요.

워킹데드

밤샘 작업 끝났다!
편의점 털자~
좀비 떼다!!!
집에 가야 씻든가
갈아입든가 하지
야, 네 옷에서
냄새나

#좀비를_양성하는_직장생활 #초점을_잃은_동공
#제멋대로_움직이는_팔다리 #좀비랜드 #도망쳐

사무실
히어로

그동안 정체를 숨기고 살았지만
이제 때가 됐어요.

노트북 속 데이터를 포맷하고
괴롭히던 상사에게 물이라도 끼얹고
영화 속 주인공처럼 멋지게 사표를 날리고 싶지만

·
·
·

영화는 영화일 뿐.
현실은 소리 소문 없이 퇴사.

퇴사와 함께 정의 구현

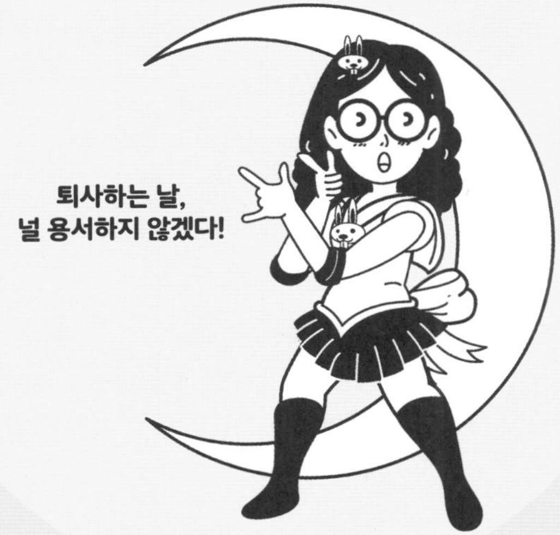
퇴사하는 날,
널 용서하지 않겠다!

#D_DAY #이에는_이 #또라이에는_또라이
#지구평화 #삼실평화 #(심한_욕)

그래도 지구는 아니, 회사는 돈다

내가 없으면 회사가 안 돌아간다고 생각하던 때가 있었다.
이는 생각을 넘어 믿음으로 이어지기도 했다.
워낙 욕심이 많았고, 무슨 일이든 잘해내고 싶었다.

그러자 하나둘 선배들에게서 좋은 말을 듣기 시작했고
프로젝트의 주축이 되어서 일도 진행하게 됐다.
물론 그중에는 진심도 있었겠지만
동기 부여를 위한 목적성 멘트도 있었을 것이다.
그럼에도 선배들의 칭찬과 격려에 한껏 취했다.

그 분위기는 그리 오래 가지 않았다.
그들도 매번 좋은 이야기만 할 수 없는 노릇이었다.
그럴 때마다 나는 더 잘해내고 싶어
그야말로 용을 썼고 안간힘을 썼다.
애초에 누구를 보여주기 위한 일도,
누구에게 인정받기 위한 일도 아니었는데
이상하게 변질되기 시작했다.

야근을 하던 어느 날이었다.
아이디어가 잘 생각나지 않아 답답한 마음에
적막한 사무실을 이리저리 걸었다.
그러다 우연히 팀장님 책상에 붙어있는
포스트잇 중 하나를 보게 됐다.

'칭찬을 받으면 더 나아지는가?
에메랄드가 칭찬을 받지 못한다고 더 나빠지더냐.
금, 상아, 작은 꽃 한 송이는 어떤가?'

그제야 깨달았다.
칭찬에 취해서 제대로 보지 못했구나.
쓸데없이 혼자 모든 걸 다 하려고 했구나.

직종을 막론하고 어떤 회사도
한 사람만의 힘으로 돌아가지 않는다.
여러 사람의 머리와 힘과 능력이 모여 굴러가는 곳이

바로 회사와 사회라는 곳이다.

지금 당장은 당신이 없으면 안 돌아갈 것 같고,
그래서 어쩐지 불안하고 초조하겠지만…
걱정 마시라. 내가 없어도 이상하게 잘 돌아간다.

그러니 걱정 말고,
그렇게 모든 걸 짊어지려 하지 말고,

때가 되면 쿨하게 떠나라.
돌지 말고, 뒤돌지 말고.

나 없으면 회사가 안 돌아가

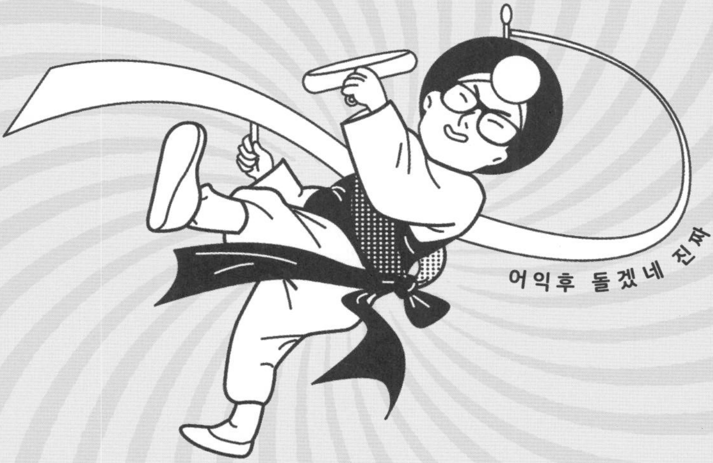

어익후 돌겠네 진짜

#상모가_도는지_내가_도는지
#정말_돌아버리겠다

밀당
불가

"내가 알아본 데는 훨씬 싸던데?
여긴 왜 이렇게 비싸요?"
라고 따지는 이에게

"그럼 거기 가서 하시면 되겠네요!"
라고 말하면,

"거긴 제가 원하는 퀄리티가 안 나와요"
라고 반응하는 사람들이 있다.

이런 자기모순엔 견적도 안 나온다.

밀당의 고수

얼마면 될까?
얼마면 되겠니?
거래처
얼마나 줄 수
있는데요?
네 견적 보고
깎을 거다

#오늘도_평화로운_중고장터인_줄
#보이지_않는_기싸움 #네가_찾는_건_비지떡 #깍쟁이

신에게는 아직
12달의 할부가 남아있습니다

힘들게 돈을 벌면
그만큼 아껴 쓸 법도 하지만,
실상은 그렇지 않다.

통장에 월급이 입금되는 순간
이 맛에 내가 일했구나 하며
미친 듯이 펑펑 쓰게 된다.

마치 만수르의 숨겨진 아들처럼,
마치 로또에 당첨된 것처럼.
그러다 정신 차려보면 손에 쥐어진 건

.
.
.

늘어난 할부 개월 수와 카드빛,
그리고 회사를 열심히 다녀야겠다는 다짐.

할부대첩 편
- 정사원의 직장일기 中

신에게는
12달의 할부가
남아있사오니
꾸준히
일하겠습니다
RED1
네 한도를
남에게 알리지 말라!

#월급은_이미_장렬히_전사
#회사_꾸준히_다니는_노하우
#사무실_백의종군

직원과 대표의 온도차

직원에겐 이제 25일,
대표에겐 벌써 25일.

직원에겐 반가운 징검다리 연차,
대표에겐 고까운 징검다리 연차.

직원에겐 매년 성장해야 하는 연봉,
대표에겐 매년 성장해야 하는 수익.

대표도 놀고 싶다

나라고 맨날
일만 하고
싶은지 알아?
둠칫 둠칫
두둠칫~

#직급_차이는_있어도_놀고_먹는_건_누구나_좋아라_한다
#일중독_아님 #먹고_살자고_그러는_거임 #한마음_한뜻

홈에 대한
이중 의미

야구에서 홈은
출발점이자 도착점.
타자에게는 들어가야만 하는 곳.
포수에게는 지켜야만 하는 곳.

회사에서 홈은
반환점이자 교차점.
찍고 돌아 나와야 하는 곳.
가족과 잠깐 스쳐 지나가는 곳.

여친도 없는데
퇴근도 없구나

나에겐
미나짱뿐!
서치 좀
도와달라능
미나짱

#집에_있어야_할_물건들을_사무실에_두기_시작
#흐려져가는_홈의_경계 #방_빼고_사무실에서_살아볼까 #방세_절약

꽃이
핀다

금요일 저녁.
그의 자리엔 늘 꽃이 핀다.

"어, 여보세요?"
회의 시간만 되면
갑자기 어디선가 싹트는 전화.

"자료를 미리 안 주잖아요."
가장 빨리 피는 합리화.

"퇴근 시간 지났는데요."
변명과 핑계를 일삼는 그를 보며
마음속에 자라는 울화.

일만 하려고 하면
주말이네요 참나

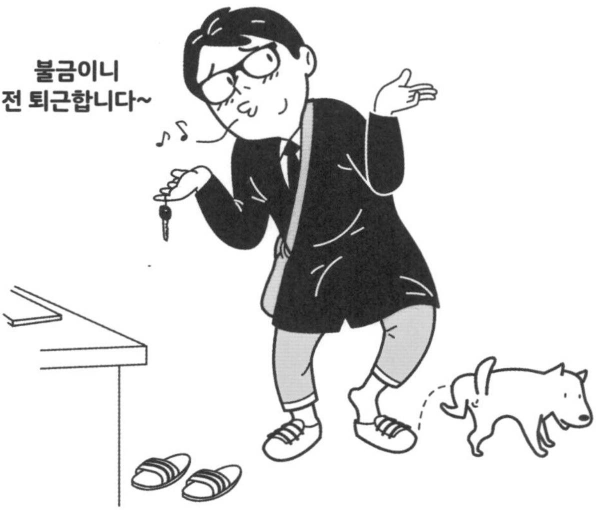
불금이니
전 퇴근합니다~

#변명과_핑계로_이루어낸_쾌거 #꽃피는_주말 #월요일에_봬요

뜻밖의 멀티플레이어

하자니 괜히 사서 고생할까.
안 하자니 안 했다고 욕먹을까.

하지만 조만간 어차피 떠맡을 일….
일단 북 치고 장구 치자.

겸손이 미덕이라는 건,
이제는 옛말!

엄살 섞인 표정과 생색의 율동도 곁들이면
내 입지가 피가 되고 살이 된다죠?

"사장님, 저 좀 봐주세요!
저 잘하고 있죠?"

그 어려운 걸 해냅니다, 내가

북 치고
장구 치고
엄살떨고
생색내고
사장아
보고 있나?

#생색을_안_내면_내가_뭘_했는지_모르시잖아요
#생색내기_필살기 #겸손은_미더덕 #멀티플레이 #자기PR

나부터 챙기는
작은 잽 11

꼰대의 싹이 보이는 '주차장'이 알려주는

꼰대 자가 테스트

'설마 나는 아니겠지?' 생각하고 있다면, 이미 당신도 위험하다!
나이 무관, 성별 무관… 누구나 꼰대가 될 수 있다.
꼰대 자가 테스트를 통해 나의 꼰대력을 판별해보자.

해당하는 사항에 정직하게 체크해보자.

☐ 나이를 먼저 확인하고, 나보다 어린 사람에게는 말을 편하게 하는 편이다.
☐ 아랫사람에게 명령어의 대화를 많이 하게 된다.
☐ 왕년에 내가 하던 고생에 비하면, 요즘 젊은이들은 편한 시대에 살고 있다고 생각한다.
☐ 아랫사람이 나보다 늦게 출근하거나 일찍 퇴근하면 심기가 불편하다.
☐ 후배의 연애, 결혼 문제에 대해 자꾸 조언하는 나 자신을 발견하곤 한다.
☐ 뭐니 뭐니 해도 연륜이 곧 지혜, 오래 살아야 현명해진다고 생각한다.
☐ 힘들고 고되게 일을 하면 그만큼 실력도 늘게 되어있다고 믿는다.
☐ 할 수 없이 하는 야근에는 관대한 편이다.
☐ 윗사람에게 인사를 안 하거나 예의 없는 신입을 보면 인성이 글러 먹었다고 혀부터 찬다.
☐ 식사 자리에서는 아랫사람이 수저와 컵 등을 세팅하는 것이 확실히 보기 좋다.
☐ 회식 자리에서 고기를 굽는 건 당연히 아랫사람이 해야 한다고 생각한다.
☐ 나 스스로 꽤 성실하고 열정적인 사람이라고 생각한다.
☐ 회사의 상황에 따라 주말이나 휴일에 당연히 일을 부탁할 수 있다고 생각한다.
☐ 아랫사람이 회사에 적절하지 않은 차림으로 오면 지적을 해줘야 한다고 생각한다.
☐ 은어와 축약어 사용을 남발하는 젊은이들이 언어 파괴를 하고 있다고 생각한다.
☐ 요즘 어린 친구들과는 대화 주제가 달라서, 대화를 오래하기가 힘들다.
☐ 사회생활을 잘하려면 회식에는 무조건 참석해야 한다고 생각한다.
☐ 회의 시간에 내 의견에 반대하는 후배가 별로 없다.
☐ 내 전성기 때의 멋진 모습을 누군가는 알아줬으면 좋겠다.
☐ 요즘 젊은 친구들은 인내심이 부족하다고 생각한다.

결과 확인

0 ~ 3개	축하합니다! 당신은 꼰대가 될 가능성이 매우 낮습니다. 나이가 들었어도 마음만은 요즘 것들이군요.
4 ~ 6개	지금과 같은 마인드라면 꼰대라는 소리를 듣는 어른은 되지 않을 것입니다.
7 ~ 9개	당신은 무럭무럭 자라나는 꼰대입니다.
10 ~ 15개	절대 인정하고 싶지 않겠지만, 당신을 꼰대로 보는 사람들이 주변에 꽤 있을 것 같군요.
16 ~ 20개	고조선이야 뭐야~ 어느 시대에 살고 있나요? 열린 마음으로 세상을 바라볼 필요가 있는 당신, 반성의 시간이 필요하겠네요.

불개미상회 직장생활 툰도 아직까지 안 보고 뭐 했나?
자, 이거 당장 읽고 보고서 써와!

나부터 챙기는
작은 잽 12

지갑보다 사직서를 더 소중히 품고 다니는 '주차장'의

퇴사 충동 극복법

이놈의 회사 정말 확 때려치울까? 그런데 그 다음은…?
하루에도 수십 번씩 욱 하고 올라오지만, 입에 풀칠은 해야 한다.
간단한 방법으로 순간의 퇴사 충동을 잠재워보자.

LEVEL 1. 간단 예방법

지금이
백 번 낫지

1. 취준생 시절을 떠올린다

입사 전에 썼던 자소서나 면접 연습을 위해 적었던 메모, 일기장을 읽어본다. 취업 전 간절했던 마음이 생각나면서 다시 초심으로 돌아갈지도 모른다.

LON
DON
맨날 산으로 가는 게
취미이자 특기

2. 모니터 전원을 잠깐 꺼본다

당신은 단지 피곤하고 지친 것일 수 있다. 업무 시간을 제외한 나머지 시간은 최대한 몸과 마음을 편하게 해서 에너지를 충전하라. 또는 연차를 쓰고 잠시 여행을 떠나도 좋다.

1. 날이 좋아서
3. 그냥

3. 퇴사의 장단점을 작성해본다

내가 이 일을 그만둬야 하는 이유와 그만뒀을 때의 장단점을 적어본다. 시간이 지나 다시 읽어보고 그래도 그만둬야 하는 이유가 명확하다면 그때 퇴사해도 늦지 않다.

LEVEL 2. 극한 극복법

1. '텅장'을 확인한다

일단 통장의 잔고부터 확인해보자. 생각했던 것과는 다른 숫자가 적혀있을 수도 있다. 일단 놀란 마음을 가라앉히고 차분히 생각해보자. 앞으로의 카드 값과 공과금, 휴대폰 요금, 대출상환비, 생활비…. 감당할 수 있겠는가? 답이 없다면 다시 업무를 시작하라.

탕진잼!

2. 사고 싶은 걸 잔뜩 산다

고생한 나 자신에게 수고했다고 선물을 해보자. 그동안 장바구니에 담아놓기만 하고 망설였다면, 시원하게 카드로 긁는 쾌감을 느껴보자. 물론 다음 날이면 '할부의 노예', '리볼빙 좀비', '선결제 없는 텅장러'로 거듭나게 된다. 회사를 그만두고 싶다는 생각은 절로 접게 될 것이다.

역시 출근의
원동력은
'빚'이었구나
대출

3. 대출을 받는다

전세 자금 대출, 자동차 대출을 받는다. 이 정도로는 성에 차지 않는다면, 비트코인에 투자하는 것도 하나의 방법이다. 장기근속의 힘은 분명 대출에 있다. 빚이 있는 한 우리는 출근을 멈추지 않을 것이다. 슬프지만 이것은 변하지 않는 진리….

이번 생에
퇴사는 힘들겠군

나부터 챙기는
작은 젭 13

프로취준러였던 '정사원'이 알려주는

구린 회사 판별법

친절한 미소? 번지르르한 겉모습? 그럴싸한 첫인상?
한두 번 속아본 게 아닌 취업 선배들의 구린 회사 판별법을 통해
나쁜 회사, 못된 회사를 가뿐히 걸러보자.

구인 공고글부터 뜯어보자

이럴 거면
글을 왜 올린 거야…
면접 후 협의
면접 후 결정
포트폴리오 필수

1. 같은 내용의 구인 글을 여러 번 올린 흔적이 있다

자꾸 구인 글이 올라온다는 건 그만큼 이직이 잦다는 뜻이니 의심해볼 필요가 있다. 이직률이 높은 회사는 나 역시 견디기 힘든 회사라는 걸 명심하자.

2. 근무 조건이 명확하지 않다

채용 공고글에 중요한 조건과 정보들이 모두 명확하게 기재되어 있는지 확인해보자. 그렇지 않은 경우, 입사 후 부당하고 곤란한 일을 겪을 수 있다.

3. 채용 공고가 너무 오랫동안 올라와있다

좋지 않은 평판으로 사람이 구해지지 않아서일 수도 있고, 시간을 두고 더 적은 연봉에 맞출 수 있는 사람을 채용하려는 생각일 수도 있다. 간혹 채용 공고 글을 기업 홍보로 이용하는 대표도 있으니, 이 점도 유의하자.

면접 볼 때 유심히 보자

근데 냉장고에 붙은
족발, 치킨 쿠폰만 모아도
회식 한 번 하겠는데요?
쿠폰
진실을
말해주세요

1. 일하는 사람들의 표정이 안 좋다

일하고 있는 직원들의 표정만 봐도 얼마나 스트레스를 받고 있는지 대충 짐작할 수 있다. 직원들의 표정이 안 좋고 피곤함과 짜증이 섞여있다면, 다시 한 번 생각해보자.

2. 탕비실에 배달 전단지와 쿠폰들이 수북이 쌓여있다

배달 전단지와 쿠폰들이 쌓여있다는 것은 그만큼 야식을 많이 시켜 먹는다는 이야기다. 매일같이 야식을 먹는 게 내가 될 수도 있으니 다시 한 번 생각해보자.

3. 수면실과 샤워실이 준비되어 있다

직원들이 편하게 낮잠 자라고 만든 수면실은 아닐 테고, 더운 여름에 편하게 샤워하고 일하라고 만든 샤워실은 아닐 게다. 밤샘의 징조이니 경계하라.

4. 회사 자랑만 계속 늘어놓는다

회사 입장에서는 내가 일을 잘할지 못할지 이것저것 궁금한 것이 당연한데, 질문은 하지 않고 회사 자랑과 비전에 대해서만 계속 이야기한다면 의심해볼 만하다.

· 번외편 ·

나부터 챙기는 작은 잽

"말 안 하면 모르니까
열과 성을 다해 생색내기!"

출판 준비하느라 주말 출근도 불사한 불개미상회 직원들

박은수, 정광순, 김현태, 한미애, 이영민

회사일과 출판을 병행하느라 고생한 야근 요정

김은선(카피라이터)

내가 다 그렸다고 자랑하고 싶은 그림쟁이

이영민

공짜로는 한 획도 긋지 않는 그림쟁이

정광순

MSG 뿌려주신 고마운 분들

이대환, 임창규, 한혜진, 인기영, 강충만